Poony!!
Wasch?

Oetinger

Anna Böhm ist 1975 in Berlin geboren, wo sie noch immer mit ihrer Familie lebt. Sie hat am Theater gearbeitet, an der Filmhochschule Drehbuch studiert und zahlreiche Hörspiele und Kinderbücher geschrieben. So hat sie auch Emmi & Einschwein erschaffen, die seit 2018 im Verlag Friedrich Oetinger erscheinen. Wenn sie nicht Autorin geworden wäre, hätte Anna ihr Glück vermutlich als Polizistin versucht.

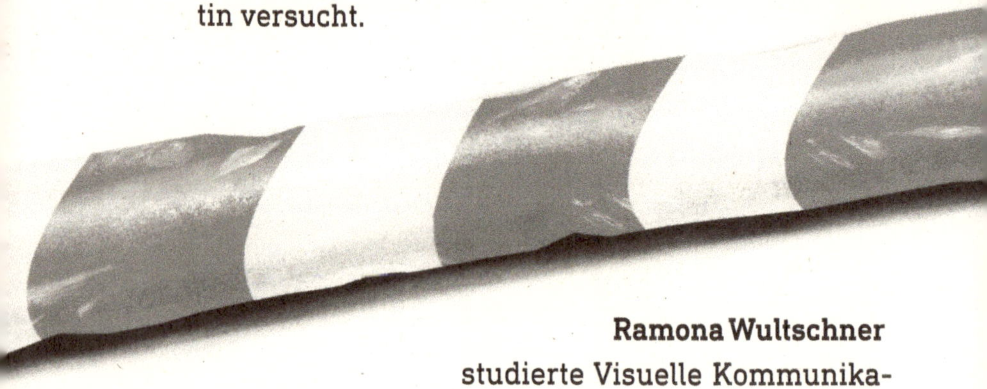

Ramona Wultschner studierte Visuelle Kommunikation an der Hochschule für Gestaltung in Pforzheim, bevor ihre Arbeit bei einem Trickfilmstudio in Köln sie nach Neuss zog. Von dort aus wirkt sie als selbstständige Illustratorin bei Trickfilmproduktionen, Kinderbüchern und Spiele-Entwicklungen mit. Am liebsten ist sie in der Natur, spielt mit ihren verrückten Katzen, isst pappsüßes Zeug und zeichnet oder malt in ihren Skizzenblock, den sie immer bei sich trägt.

Anna Böhm

Die Tierpolizei

Das könnt ihr euch abschminken!

Mit Illustrationen
von Ramona Wultschner

Verlag Friedrich Oetinger · Hamburg

Mehr von Anna Böhm bei Oetinger

Die Tierpolizei: Kommissare mit Fell und Feder

Die Tierpolizei: Ohren hoch oder es knallt!

Die Tierpolizei: Mach nicht so 'ne Welle

Emmi & Einschwein: Einhorn kann jeder!

Emmi & Einschwein: Im Herzen ein Held!

Emmi & Einschwein: Ganz vorn mit Horn!

Emmi & Einschwein: Kein Weihnachten ohne Puddingschuhe!

Emmi & Einschwein: Ein Fall für Sherlock Horn

MIX
Papier | Fördert gute Waldnutzung
FSC® C014496

2. Auflage

vermittelt durch die Literarische Agentur Kossack

Druck und Bindung: GGP Media GmbH,
Karl-Marx-Straße 24, 07381 Pößneck, Deutschland
Printed 2023
ISBN 978-3-7512-0156-8

www.oetinger.de

INHALTS-VERZEICHNIS

DIE TIERPOLIZEI

FLOPSON (Katzenbärin)

Kopf voller Ideen
mutig und treu
talentierte Spürnase

HAUPTKOMMISSARIN

Fridolin (Falabella)

verträumt und lieb
futtert gern
sehr, sehr stark

DAS PONY FÜRS GROBE

Meili (Blaumeise)

kennt alle Vögel
großes, goldenes Herz
neugierige Spionin

DIE GEHEIME MEILI

Jack (Teddyhamster)

liebenswerter Grummel
superflauschiges Fell
Bastler und Tüftler

FINGERABDRÜCKLER

MEINE NASE!

Die vier Tierpolizisten saßen um eine Kaffeetasse herum und blickten hinein. In der Tasse lag nämlich eine kleine Maus.

Sie hatten die erschöpfte Maus am Abend zuvor in ihrem Polizeirevier gefunden. Mitten im Gras hatte sie gelegen und wollte Hilfe holen für ihre Freunde. Aber sie war so schwach gewesen, dass sie nicht mal sprechen konnte. Vorsichtig hatten sie das Tierchen in die Kaffeetasse gelegt.

»Wisst ihr noch? Die Tasse?«, fragte Flopson. Sie war nicht nur eine wunderschöne Katzenbärin mit dickem rötlichem Fell. Sie war auch die Chefin der Tierpolizei, denn sie kannte sich sehr gut mit Polizeiarbeit aus.

Die anderen Tierpolizisten nickten. »Oh ja! Die Tasse«, sagte Blaumeise Meili.

Als die vier Tiere sich kennengelernt hatten, war

Meili nämlich so krank gewesen, dass sie selbst in der Tasse liegen musste, um sich auszuruhen.

Doch jetzt lag dort die kleine Maus. Sie hieß Tuffi und hatte buntes Fell. Also, richtig buntes Fell. Grüne Flecken und rote Streifen, dazu lila Pfoten und ein gelbes Ohr. Es war aber nicht so, dass Tuffi bunt geboren war. Nein, eigentlich war ihr Fell weiß.

Aus seiner Schatzkammer schleppte Teddyhamster Jack eine Puppenbadewanne heran. Pony Fridolin pumpte etwas Wasser aus der alten Schwenkpumpe hinein, die am Straßenrand stand.

»So, Mäuschen, wir waschen dich erst mal«, sagte Meili fürsorglich. Die Blaumeise hätte sehr gern eine Familie gehabt und sich um eine große Schar Vogelkinder gekümmert. Aber bisher hatte sie nicht den richtigen Blaumeisen-Mann dafür gefunden.

»Waschen?«, rief die Maus aufgebracht. »Iiiih, nee!«

»Aber du bist ja ganz bunt«, sagte Meili.

»Und du riechst seltsam ... nach Seife oder so«, stellte Flopson fest und nieste.

»Außerdem ist Waschen das Schönste. Weil man da mit Wasser planschen kann!«, rief Fridolin. Voller Begeisterung schüttete er die kleine Badewanne über seinem Kopf aus. Meili schickte ihn los, um neues Wasser zu holen.

»Komm, kleine Maus, erst mal baden«, versuchte es die Blaumeise wieder.

»Nee!«, rief Tuffi.

»Aber die Farbe muss ab.«

»Und der Seifengestank«, sagte Flopson und nieste gleich noch mal.

Jack saß schweigend daneben, denn er hatte ein kleines bisschen Angst vor Mäusen. Na ja, vielleicht war es gar nicht mal so klein, dieses bisschen. Das schnelle Gewusel von Mäusen erschreckte ihn.

Pony Fridolin wiederum liebte Mäuse. Er war ein Falabella, und das ist die kleinste Pferdeart der Welt. Früher hatte er in einem Stall gewohnt, und die größeren Pferde hatten ihn oft ausgelacht. Nur die Mäuse waren immer lieb zu ihm gewesen und lustig auf ihm herumgeklettert.

Nun beugte sich Fridolin zu Tuffi hinunter. »Los, Mäuschen, ab in die Wanne!«

Maulig stieg die Maus hinein. Meili nahm einen Schwamm und schrubbte sie ab, da wurde ihr Fell ganz weiß.

Das Bad schien eine gute Wirkung auf die kleine Maus zu haben. »Fertig!«, rief sie und hopste heraus. Prompt wälzte sie sich auf der Erde, und das Fell wurde schwarz. Dann schubberte sie ihren Rücken im Gras und robbte mit dem Bauch durch eine Pfütze.

»Jetzt bist du ja wieder dreckig!«, rief Meili fassungslos.

»Oh ja!«, jubelte Tuffi. »Herrlich dreckig!«

Fridolin fand es super und wollte mitmachen, aber bevor er sich in die Pfütze werfen konnte, rief Jack: »Klein-Pferd! Nimm dich zusammen! Wir sind auf Arbeit.«

»Ach so, ja«, sagte das Pony erschrocken.

Tuffi scharwenzelte über das Grundstück und bestaunte alles. Bei jeder Blume und jedem Halm blieb sie stehen. »Und was ist das?«

»Ein Gänseblümchen«, sagte Jack.

»Und was ist das?«

»Zwei Gänseblümchen.«

»Und was ist das?«

»Meine Nase!«, meckerte der Hamster.

»Weiß ich doch«, kicherte Tuffi und flitzte weiter, um die Welt zu bewundern. Sie kletterte einen Baumstamm hoch und ließ sich einfach fallen. Flopson konnte sie gerade noch so auffangen.

»Das war aber gefährlich!«, rief Flopson.

»Jaaa!«, jauchzte Tuffi. »Herrlich gefährlich! Ich liebe gefährlich und dreckig. Ich will nie mehr was anderes. Schließlich komme ich aus einem Käfig.«

Das kannte Flopson gut, denn sie hatte ihr Leben bis vor Kurzem im Wohnzimmer von Frau Huppenschuh verbracht, und dort gab es auch einen Käfig. Aber nachdem sie den ersten Taps in die wilde, weite Welt gesetzt hatte, wollte sie nie mehr zurück. »Und warum hast du im Käfig gelebt?«, fragte sie.

»Na, ich bin doch eine Labormaus!«, sagte Tuffi.

HURTIG! HASTIG! SOFORT!

Fridolin verzog sein Gesicht zu einem Pony-Fragezeichen. »Ich kenne nur Feldmäuse, Waldmäuse und Hausmäuse. Aber was sind Labormäuse?«

»Mäuse, die im Labor wohnen«, sagte Tuffi. »Wir leben in Käfigen und dürfen nie raus. Und im Labor ist es supersauber. Uääh!« Tuffi schlürfte von dem dreckigen Pfützenwasser. »Wenn die Laborleute ein neues Mittel erfinden, testen sie das an uns.«

»Was für Mittel?«, fragte Jack.

»Zum Beispiel Spülmittel oder Wandfarbe oder ein Duftmittel oder Haarshampoo oder Waschpulver oder Bodenreiniger oder Fensterreiniger oder Herdreiniger oder Faltenmittel oder Kopfschmerztabletten oder Mundwasser oder ...«

Jack unterbrach sie. »Warum?«, fragte der Hamster.

»Weil die Laborleute wissen wollen, ob das Mittel

giftig ist. Oder ob man davon krank wird. Oder Allergien bekommt.«

Bei Frau Huppenschuh im Fernseher hatte Flopson schon mal etwas über Tierversuche gesehen, aber die anderen Tierpolizisten hatten noch nie davon gehört. Nun war die Empörung groß.

»Aber warum probieren die Menschen es nicht bei sich selbst aus?«, fragte Fridolin.

»Weil sie nicht wollen, dass ihnen die Augen brennen oder sie krank werden oder so«, sagte Tuffi.

»Ist das nicht gefährlich für euch?«, fragte Meili.

Tuffi nickte. »Allerdings! Pilgo hat nur noch ein Ohr, und Pakko ist blind geworden davon. Peggy hat Haarausfall bekommen.«

»Das ist aber nicht okay«, sagte Fridolin.

»Nicht okay?!«, rief Meili und stampfte auf. »Das ist eine bodenlose Unverschämtheit! Eine richtige Schweinerei.«

Bei diesen Worten kam das Pony ins Grübeln. »Du, aber Meili, die Menschen sind doch keine Schweine. Sie können keine Schweinerei machen. Höchstens eine Menscherei.«

»Das ist doch egal jetzt!«, sagte die Blaumeise.

»Aber es reicht damit! Wir Mäuse wollen keine Farbe mehr testen!«, rief Tuffi.

»Und Haarshampoo?«, fragte Fridolin.

»Auch nicht!«, sagte die Maus. »Gar nichts. Wir wollen ein schönes Mäuseleben im Grünen führen.«

»Habt ihr schon mal versucht, euch zu wehren?«, fragte Jack.

»Nee. Aber ...«, Tuffi senkte ihre Stimme, »aber es gibt einen Geist, der spukt im Labor herum.«

Fridolin und Jack rückten zusammen. »Ein Geist?«

Begeistert nickte Tuffi. »Richtig schön unheimlich. Der jagt den Labormenschen Angst ein.« Nun begann Tuffi, vom Geist zu schwärmen, und erzählte von seinen Streichen.

Plötzlich hielt sie sich erschrocken eine Pfote vor den Mund. »Aber wir haben es ja kräftig eilig. Hurtig! Hastig! Sofort!«

»*Womit* ist es eilig?«, fragte Flopson.

»Na, mit der Befreiung! Ihr sollt doch die Mäusekinder befreien!«, rief Tuffi.

»Kinder? Sie haben eure Kinder dort eingesperrt?«, ärgerte sich Meili.

»Ja! Und weil ...« Doch dann entdeckte Tuffi einen Regenwurm und lief ihm hinterher. Sie wollte ihn anfassen, aber der Regenwurm ringelte sich davon.

Alle starrten die Maus gespannt an. »Weil ...?«, fragte Flopson.

»Weil ... wegen ... nächste Woche sollen die Mäusekinder ihren ersten Test machen. Sie müssen Diätpulver testen. Zwei Wochen lang bekommen sie nichts anderes zu essen als Diätpulver!«

Fridolin schüttelte sich voller Entsetzen. »Das ist ja schrecklich!«

»Wir wollen nicht, dass ...« Der Wind wehte eine Pusteblume davon, und Tuffi rannte ihr hinterher. Alle warteten.

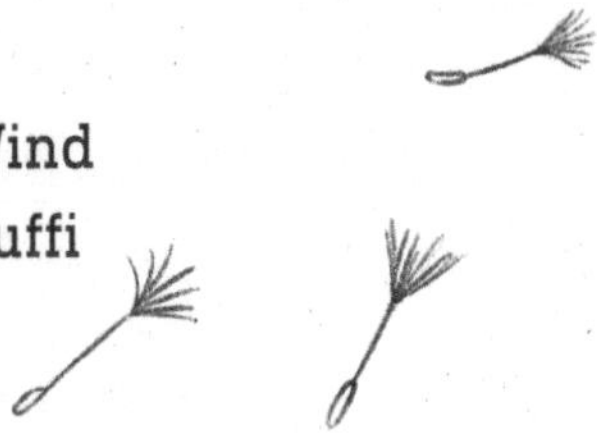

»Jaaa?«, fragte Jack.

Tuffi hatte die Pusteblume gefangen und kam zurück. »... dass unsere Kinder so aufwachsen. Sie sollen es mal besser haben als wir.«

Nun hatte Meili den Schnabel voll. »Liebe Tierpolizei, ich habe genug gehört. Wir holen die Mäusekinder da raus.«

Die anderen drei Tierpolizisten nickten grimmig.

»Wie viele Mäusekinder sind es denn?«, fragte Jack, ganz Tierpolizist.

»Na ja, viele. Also, nicht alle auf der Welt, aber schon viele. Also, mehr als viele sogar. Eigentlich sogar fast die meisten, aber natürlich weniger als alle.« Tuffi überlegte. »Immerhin viel mehr als wenige.«

»WAS?«, rief Jack und sah total verwirrt aus.

Flopson und Meili kicherten. Das hatten sie schon mal erlebt, als sie die Mäuse im Park befragen wollten. Mäuse können nämlich nicht zählen.

»Und wo sind sie eingesperrt?«, fragte Flopson.

»Na, im Raum für Mäusekinder! Wo denn sonst?!«, sagte Tuffi.

NOCH VIELE, VIELE STRASSEN

Sofort machten sich die Tiere auf den Weg durch die große Stadt. Wenn ihnen ein Mensch entgegenkam, versteckten sie sich, dann liefen sie weiter.

Teddyhamster Jack saß wie immer auf dem Rücken des Ponys. Tuffi saß neben ihm. Saß? Nein, die kleine wilde Maus *stand* auf dem Pferderücken und hielt sich nicht mal fest.

»Hey, das ist gefährlich!«, warnte Meili.

»Ja, total!«, rief Tuffi glücklich.

Als Fridolin über eine Bordsteinkante sprang, fiel Tuffi fast runter, und Jack musste sie festhalten. »Du bleibst jetzt sitzen!«, sagte er streng.

»Ist doch langweilig«, maulte die Maus.

Flopson stürmte neben Fridolin her, sprang auf Ästen entlang und unter Büschen hindurch. Immerhin galt es, die Mäusekinder zu retten, da musste man sich beeilen. Es gab nur ein Problem: Sie wussten gar nicht, wo sie hinmussten – und das lag an der Wegbeschreibung von Tuffi.

»Ist es die richtige Straße?«, fragte Flopson.

Tuffi nickte begeistert. »Ja, es ist die richtige Straße. Also fast. Noch nicht ganz. Aber bald.«

»Aha«, sagte Flopson. »Und wo müssen wir jetzt lang?«, fragte sie.

»Erst mal nach vorn«, sagte Tuffi.

»Wo ist vorn?«, rief Jack ungeduldig.

»Das kannst du dir aussuchen«, sagte Tuffi freundlich.

Fridolins Magen knurrte, denn das Pony hatte eigentlich immer Hunger, sogar im Schlaf. »Ist es noch weit?«, fragte es.

»Ja, sehr weit«, seufzte Tuffi.

»Wie weit?«, fragte Meili weiter.

»Noch viele, viele Straßen«, sagte Tuffi.

»Wenn du das etwas genauer sagen könntest, wären wir auch irgendwann mal da«, murrte Jack.

Tuffi nickte beeindruckt. »Stimmt.«

Der Hamster plusterte genervt die Hamsterbacken auf.

Meili legte einen Flügel auf die Schulter der Maus. »Herzchen, du musst uns jetzt mal den Weg sagen, sonst können wir die Mäusekinder nicht retten.«

Tuffi sah sich um. »Wir könnten ja mal abbiegen«, schlug sie vor.

»Links oder rechts?«, fragte Flopson.

»Wie ihr wollt«, sagte Tuffi.

Die vier Tierpolizisten sahen sich ratlos an.

Pony Fridolin schnaufte. »Können wir anhalten? Da vorn ist eine Bäckerei.«

»Nein«, sagte Flopson.

Aber das Pony stoppte trotzdem und naschte im Müll der Bäckerei herum. Es zog ein Brot und mehrere Kuchenstücke heraus.

»Wie sieht das Labor denn aus?«, fragte Meili.

»Groß und grau. Und wirklich groß. Und sehr grau.«

Meili reichte es. Sie flatterte in eine Baumkrone, denn dort saß eine Reihe von Vögeln: Spatzen, Tauben, zwei Blaumeisen und ein Rotkehlchen. Die Vögel setzten sich neben Meili und zwitscherten eine Weile zusammen. Dann kam Meili zurück. »Sie haben mir den Weg erklärt«, sagte sie und schwirrte los. »Kommt!«

Die anderen folgten ihr.

Vor einem großen Haus stoppte die Blaumeise und ließ sich auf dem Zaun nieder.

»Oha!«, rief Fridolin und betrachtete das Haus. Es hatte die Form eines Würfels. Die Fenster sahen alle gleich aus, und die Wände waren glatt und grau. Um das Haus lief ein hoher Zaun aus Metall. In der Mitte vom Zaun gab es ein Tor, doch das war geschlossen.

»Hihi, ein Glück, dass wir nicht dort hineinwollen«, sagte das Pony. »Mit dem hohen Zaun und so.«

»Ja, das könnte schwierig werden«, fand auch Jack.

»Doch, doch«, sagte Tuffi fröhlich. »Genau da wollen wir rein. Das ist ja das Labor.«

NICHTS WIE WEG HIER!

Die Tiere versteckten sich hinter einem Gebüsch mit roten Beeren. Von dort aus starrten sie auf den hohen Zaun und das verschlossene Tor.

»Und was jetzt?«, fragte Jack vom Ponyrücken aus.

Rechts neben dem Tor aus Metall ragte ein großes Schild mit bunter Schrift auf. Flopson setzte sich genau davor und las sich den Text auf dem Schild durch. Ja! Sie konnte lesen! Bei Frau Huppenschuh war es so langweilig gewesen, dass sie sich das Lesen beigebracht hatte. Und das war für ihre Arbeit als Tierpolizistin sehr praktisch.

»Was steht da?«, wollte Fridolin wissen.

Flopson las es den anderen vor: »LAFÜMESI – Labor für mehr Sicherheit. Betreten nur für Personal erlaubt.«

»Betreten? Personal?«, fragte Fridolin. »Was soll das heißen?«

»Dass wir nicht reindürfen in dieses LAFÜMESI. Nur Leute, die dort arbeiten«, erklärte Flopson.

»Ich darf. Ich arbeite ja da«, sagte Tuffi. Sie marschierte los und stellte sich vor das große Tor. Das blieb natürlich verschlossen.

»Vielleicht klappt's bei mir«, sagte Fridolin. Er stellte sich neben die Maus – und wirklich, das Tor schob sich langsam auf. Er grinste stolz. Allerdings lag es gar nicht am Pony. Es lag an ...

»Achtung! Ein Auto!«, rief Meili.

Fridolin packte Tuffi sanft mit seinen Lippen und sprang zur Seite. Das Auto rollte bis vor das Tor, stoppte und fuhr dann hinein. »Ha, wie praktisch!«, rief Fridolin und trabte hinter dem Auto her.

Jack trieb das Pony an. »Hüa, Pony! Wir überfallen jetzt das Labor.«

»Genau!«, rief Tuffi, die neben ihm aufgeregt herumsprang. Sie reckte ihre kleine Faust in die Luft. »Jetzt kommt die Tierpolizei, da habt ihr Pech gehabt, ihr Laborleute!«

Oh nein! Was war das denn für eine schlechte Idee?! Flopson und Meili blieben draußen sitzen.

»Hey, hiergeblieben!«, rief Meili ihnen hinterher.

»Das ist viel zu gefährlich!«, rief Flopson.

Aber die anderen hörten nicht hin. Sie wollten das Labor überfallen und sonst nichts. Das Auto fuhr durchs Tor und auf einen Parkplatz zu, der sich auf der rechten Seite befand. Links führte ein hübscher Weg in Richtung Eingang. Fridolin galoppierte den Weg hoch. Natürlich blieb er nicht unbemerkt.

Hinter dem Tor stand auf der rechten Seite ein kleines Haus mit großen Fenstern. Drinnen saß eine Pförtnerin. Erschrocken sprang sie aus dem Häuschen und auf das Pony zu. Sie trug eine blaue Uniform und eine passende Mütze.

»Ein Minipferd! Ein viel zu kleines Pferd!«, rief sie in ihr Walkie-Talkie. »Eine Maus und ein Hamster reiten auf ihm. – Was? Nein! Ich habe kein Bier getrunken! Das ist wirklich so!« Mit den Armen versperrte sie Fridolin den Weg, aber das Pony flitzte um sie herum.

Vor dem Eingang des Hauses standen zwei Wachleute, die die gleiche blaue Uniform trugen. Sie rannten herbei und stellten sich Fridolin in den Weg. Fridolin versuchte wegzulaufen, doch zusammen mit der Pförtnerin kreisten die Wachleute das Pony ein.

Wie Flopson vermutet hatte, wurde es nun wirklich gefährlich: Das große Tor schob sich wieder zu.

Meili flog dem Pony hinterher. »Kommt JETZT zurück!«, brüllte sie.

Endlich entdeckte auch Fridolin die Gefahr. Er preschte in Richtung Zaun, doch von dort kam eine Forscherin in weißem Kittel auf ihn zugerast. Sie hatte einen langen Zopf und trug fünf Brillen an verschiedenen Ketten um den Hals. »Was ist denn hier los?«, schimpfte sie.

Als Fridolin an ihr vorbeirannte, entdeckte sie die kleine Maus auf seinem Rücken. Sofort hörte sie mit der Schimpferei auf und starrte die Maus an. »Aber ... ist das eine Maus aus dem Labor? Das kann doch gar nicht sein«, stammelte sie.

Sie streckte ihren Arm nach Tuffi aus. Fridolin schlug einen Haken und rannte um sie herum. Dort verstellte ihm allerdings die Pförtnerin den Weg. Bevor er an ihr vorbeikommen konnte, schloss sich das mächtige Tor endgültig.

Flopson und Meili blieben fassungslos zurück. Die anderen waren dadrinnen eingesperrt! Angsterfüllt sprang Flopson auf das Schild und spähte über den Zaun.

»Ich will diese Maus!«, brüllte gerade die Frau mit

den fünf Brillen. »Es darf nicht sein, dass sie draußen rumrennt! Sie müssen sie einfangen! Los, los!«

Die Wachleute, die Pförtnerin und die Forscherin im Kittel umzingelten Fridolin von allen Seiten. Nun wurde es eng fürs Pony.

Aufgeregt flatterte Meili auf und ab. »Chefin! Tu was!«

Flopson sah sich um. Ihr Blick fiel auf das Pförtnerhäuschen. Im Moment war es leer, weil die Pförtnerin ja versuchte, Fridolin einzufangen. Flopson hatte eine Idee.

»Komm mit!«, rief sie, und die Blaumeise folgte ihr. Katzenbären sind sehr geschickte Kletterer, und Flopson schwang sich vom Schild auf den Zaun. Von dort sprang sie auf das Dach des Pförtnerhäuschens,

und es schepperte, als ihre Füße das Blechdach berührten. Eilig ließ sie sich auf den Rasen fallen. Die Tür stand offen, und sie schlich in das Pförtnerhäuschen hinein.

Vorn stand ein großes Pult mit vielen leuchtenden Knöpfen, außerdem gab es einen Schreibtisch mit einem Computer. An der Wand hing eine Reihe kleiner Fernseher, auf denen der Weg, der Eingang, der Parkplatz, eine Hausecke und mehrere lange Flure zu sehen waren.

Meili setzte sich auf Flopsons Kopf. »Fernseher?! Sie sieht bei der Arbeit fern?«, wunderte sie sich. »Aber das ist ja total langweilig, was bei den Menschen im Fernsehen kommt.« Doch dann entdeckte sie auf einem der Fernseher Fridolin, der gerade versuchte, sich hinter einem Busch zu verstecken. »Fridolin! Wie kommt der ins Fernsehen?«, rief sie.

»Das ist kein Fernseher«, erklärte Flopson, die sich damit bestens auskannte, weil Frau Huppenschuh jeden Abend mit ihren Haustieren ferngesehen hatte. »Damit überwacht sie das Labor. Guck mal, hier ist der Parkplatz.« Sie zeigte auf einen anderen Bildschirm. »Und hier das Tor.«

Die Katzenbärin kletterte auf das Pult und betrachtete alles genau. Einige Knöpfe leuchteten rot oder grün, einer blinkte gelb. Es gab ein paar Hebel und viele Schalter. Sie las sich die Schrift unter den Knöpfen durch. »Wollen wir doch mal sehen ... Alarm, Schranke, Glastür, Büro ...«

»Und was ist das hier?« Meili zeigte auf ein schwarzes Metallstück mit einem runden Puschel am Ende. Sie hockte sich auf den Knopf daneben, und dadurch schaltete sie das Gerät an. Nun schallte sehr laut ihr Gezwitscher über den Rasen und den Parkplatz. Die Menschen sahen erschrocken hoch.

Meili und Flopson kicherten. »MIKROFON«, las Flopson vor. »So, jetzt holen wir diese unvorsichtigen Knallfrösche wieder raus.« Sie zeigte auf einen grünen und einen roten Knopf, unter denen das Wort TOR stand. »Damit öffnet und schließt man das Tor. Hoffe ich jedenfalls.«

Sie drückte auf den grünen Knopf, und wirklich – das Tor schob sich auf. Die Pförtnerin starrte verdutzt hinüber.

Meili klatschte ihre Flügel zusammen. »Ich fliege los und sage Fridolin Bescheid«, schlug sie vor. »Oder weißt du was? Ich benutze das Mikrofon.«

Beide lachten. Meili setzte sich noch mal auf den Knopf, an dem MIKROFON stand. Laut zwitscherte sie hinein: »Fridolin, das Tor geht auf. Renn sofort raus! Aber eins sage ich dir – wir sprechen uns noch, mein Lieber!« Und weil Menschen die Tiersprache nicht verstehen, dachten sie, es sei einfach nur sehr lautes Gezwitscher.

Sofort rannte Fridolin los, das konnten sie auf dem Fernseher sehen. Die Forscherin mit den fünf Brillen rannte hinterher. Um sie abzulenken, machte Meili ziemlich lustige Geräusche ins Mikro. Sie schnarrte und klapperte, röchelte und krächzte. Verwundert blieb die Frau stehen und blickte sich um.

Fridolin erreichte das Tor und schlüpfte hindurch. Sogleich drückte Flopson den roten Knopf. Die Frau im Kittel rannte hinterher, doch das Tor schloss sich vor ihrer Nase. Sie schimpfte die Pförtnerin an: »Aufmachen! Na los, machen Sie endlich auf!«

Erschrocken stürmte die arme Pförtnerin zu ihrem Häuschen.

»Nichts wie weg hier!«, rief Flopson. Sie sprang wieder aufs Dach, von dort auf den Zaun und auf das große Schild. Meili hatte es leichter – sie flog hinterher.

WIR HABEN MIST GEBAUT

Flopson preschte auf drei große schwarze Mülltonnen zu. Mülltonnen boten in der Stadt immer ein gutes Versteck. Fridolin stürmte hinterher.

Als alle verborgen hinter den Tonnen hockten, musste Fridolin erst mal verschnaufen. »So ein Schreck!«, japste er.

Dann kreischte er auf, denn die Mülltonnen waren gefüllt mit alten, herrlich harten Brötchen! Flopson sah sich um. Direkt hinter ihnen ragte eine Backfabrik in den Himmel. Fridolin wollte seinen Kopf in einer der Mülltonnen versenken, aber Meili setzte sich mitten auf seine Schnauze und hob ihren Flügel. Sie fragte streng, was sich das Pony denn bitte schön dabei gedacht hätte, einfach durch das Tor zu laufen. Allerdings war es keine richtige Frage, denn noch bevor Fridolin antworten konnte, gab es Ärger.

»Das war total dumm, Pony!«, schimpfte Meili los.

»Stell dir mal vor, was alles hätte passieren können! Denkst du auch mal nach, bevor du etwas tust?«

»Nö, eigentlich nicht«, sagte das Pony.

»Das solltest du aber!«, meckerte Meili. »Um ein Haar wärt ihr alle bei den Mäusen im Labor gelandet.«

»Wirklich?«, fragte Fridolin. »Du, aber Meili, genau da wollen wir doch hin. Zu den Mäusen ins Labor.«

Die Blaumeise schnaufte, weil das Pony so schwer von Begriff war. »Aber wir wollen die Mäuse befreien. Und das können wir nicht, wenn du dich einsperren lässt. Und Jack und Tuffi wären dann auch eingesperrt worden.«

»Oh«, sagte Fridolin. Langsam dämmerte ihm

wohl auch, wie gefährlich es gewesen war, einfach loszutraben. »Kannst du jetzt aufhören mit Schimpfen?«

»Aber ich schimpfe doch nur, weil ich euch lieb habe«, rief Meili. »Und weil ich nicht möchte, dass ihr in einem Labor eingesperrt werdet.«

»Du schimpfst, weil du mich lieb hast?« Nun hatte Fridolin noch mehr, über das er grübeln musste. »Ich hab dich auch lieb. Aber wäre es okay, wenn ich trotzdem nicht mit dir schimpfe?«

Meili holte Luft, um sich gleich wieder aufzuregen. Flopson ging dazwischen. »Es wusste ja niemand, dass wir es hier mit einem so unheimlichen Ort zu tun haben. Und dass es hier Wachleute und wütende Frauen in Kitteln gibt.«

Tuffi sprang von Fridolin rüber auf Flopsons Schulter. »Doch, ich! Ich wusste es«, rief die Maus. Alle drehten sich erstaunt zu ihr um. »Ich wusste es ganz genau. Ich hatte es nur vergessen. Also, ich hatte es nicht vergessen, aber ich hatte vergessen, es euch zu sagen.«

»Echt jetzt?«, fragte Jack genervt.

»Ja, echt jetzt!«, rief Tuffi. Vor Aufregung rutschte sie ab, und Flopson musste sie auffangen. »Ich hab alles vergessen. Also, nicht alles, aber mehr als gar nichts. Und weniger als ...«

»Schon gut«, sagte Flopson und grinste ein bisschen in sich hinein. »Was genau wolltest du uns denn sagen?«

»Dass es ein ganz sicheres Sicherheitshaus ist. Und dass man gar nicht reinkommt. Deshalb war es auch so schwer für mich, rauszukommen, weil es eigentlich nicht geht.« Tuffi zog einen alten Kuchen aus der Mülltonne. »Lecker, Müll! Bei uns im Labor gibt es nur trockenes Mäusefutter, das schmeckt nach nix.«

»Aber eins verstehe ich nicht«, sagte Fridolin und verknusperte ein kleines Brot. »Wenn es so ein sicheres Sicherheitshaus ist – wie kommen wir dann rein?«

Ja, das war wirklich eine gute Frage. Alle sahen Tuffi gespannt an, alle außer Flopson. Denn sie ahnte die Antwort schon.

»Na, das weiß ich nicht«, sagte Tuffi prompt. »Ihr seid ja die Tierpolizei, das müsst ihr wissen.«

Fridolin schüttelte erstaunt die Mähne. Meili flatterte eine Runde vor Schreck.

Und Jack schnob und schniefte ein wenig, bevor er Luft für seine Frage holte: »Wir sollen die Mäusekinder aus dem Labor holen, aber es ist gefährlich, und man kommt nicht rein und nicht wieder raus?«

Tuffi nickte zufrieden. »Genau. Also, eigentlich

geht es gar nicht, die Mäusekinder zu befreien. Aber weil es trotzdem sein muss, muss es eben sein. Obwohl es nicht geht.«

Na, das war nun eine ganz eigene Logik. Mäuselogik.

Flopson merkte, dass die Laune in ihrer Truppe nach unten plumpste wie ein Luftballon ohne Luft. »Wir müssen es jedenfalls versuchen«, sagte sie. »Wir haben sogar schon einen Fluss wiedergefunden, obwohl das eigentlich auch nicht ging.«

Tuffi nickte zufrieden.

Erleichtert ließ Fridolin die Lippen flattern. »Hach, Chefin, da hast du recht. Wir machen einfach das Unmachbare.« Zufrieden trabte das Pony los, genau auf das Tor zu.

»Halt!«, rief Meili. »Wo willst du schon wieder hin?«

Fridolin blieb erstaunt stehen. »Ich denke, wir machen jetzt das Unmachbare.«

»Aber doch nicht so!«, rief die Blaumeise. »Komm sofort zurück.«

Flopson erklärte dem Pony, dass es sich unbemerkt hinter den Mülltonnen verstecken und dort warten solle. Meili und Flopson wollten sich erst mal umsehen. »Und ich sage es noch mal: *unbemerkt*!« Flopson blickte das Pony und den Hamster an.

»Ist ja gut, wir haben verstanden«, sagte Jack. »Wir haben Mist gebaut. Jetzt seid ihr dran.«

»Hey, was soll das!«, schimpfte eine laute Stimme.

Flopson blickte erschrocken auf. Ein ganzer Schwarm Tauben kam auf sie zugeflogen. Viele graue und ein paar weiße dazwischen. »Schnauze weg! Das ist unsere Tonne!«, rief ein großer Tauberich.

Flopson verdrehte die Augen. Das war mal wieder typisch Stadttier. Bloß nichts abgeben und immer gleich losstänkern. Die Tauben verteilten sich auf den Deckeln der drei Mülltonnen und riefen durcheinander.

»Wir futtern hier! Sonst keiner! Das weiß jeder!«, rief eine weiße Taube.

Erschrocken wich Fridolin zurück.

Aber Jack baute sich vor den Mülltonnen auf und stemmte seine Arme in die Hamsterhüften. »Das sind ja wohl genug Brötchen für alle! Und unser Pony hat Hunger.«

Flopson gesellte sich zu Jack. »Außerdem sind das nicht eure Tonnen. Sie gehören der Backfabrik«, sagte sie.

»Die Tonnen vielleicht. Aber die alten Brötchen gehören uns. Also, ab mit euch! Wer unsere Brötchen anfasst, bekommt Kloppe.«

Auch Meili reichte es, und sie flatterte neben Jack. »Wir erlauben es nicht, dass jemand grob wird.«

Fridolin stellte sich neben Flopson. »Es ist verboten, anderen wehzutun«, erklärte er.

So standen sie da. Zu viert, der Größe nach aufgereiht, blickten sie die Tauben entschlossen an.

»Ihr nehmt eure Schnauzen und Schnäbel aber ganz schön voll«, sagte der Tauberich.

»Wir sind ja auch die Tierpolizei«, sagte Flopson.

»Waaaas? Die Tierpolizei?!« Die Tauben riefen durcheinander, wippten mit ihren Köpfen und flatterten von den Tonnen herab. Vor den Polizisten blieben sie stehen.

»Endlich lernen wir euch kennen!«, rief die weiße Taube. »Ihr seid sooo coool!«

»Wir sind eure größten Fans«, sagte eine kleinere Taube mit einem lahmen Flügel. »Alle reden von euch.«

Besonders interessierten sie sich für Meili, die fliegende Polizistin. »Du machst uns Vögeln alle Ehre«, sagte eine bräunliche Taube mit lieben Augen.

Jeder wollte Meili umarmen und witzige Posen mit ihr machen. Dann flatterten sie hoch, holten Brötchen aus den Tonnen und ließen sie auf Fridolin niederprasseln. Das Pony war im Glück.

Flopson und Meili machten sich auf den Weg zum Labor. Alle winkten ihnen nach, und die Tauben trippelten noch ein Stückchen hinterher.

WIR SIND VON DER TIERPOLIZEI

Flopson fiel als Katzenbärin in der Stadt sowieso schnell auf, weil die Menschen dachten, sie sei aus einem Tierpark weggelaufen. Doch hier bei diesem LAFÜMESI musste sie doppelt vorsichtig sein, da es so gut bewacht wurde. Vor dem Zaun wuchsen immerhin Büsche, hinter denen sie entlangkriechen konnte.

»Vielleicht hat der Zaun noch einen zweiten Eingang?«, schlug sie vor.

Meili flog über dem Zaun herum und hielt Ausschau. »Auf dieser Seite scheint es kein Tor zu geben.«

Gemeinsam huschten sie bis zur nächsten Ecke, doch auch dort fanden sie nichts: kein Tor, keine Tür, kein noch so kleines Loch im Zaun. Auch auf der dritten Seite ging der Zaun einfach so weiter.

Auf der vierten Seite entdeckten sie ebenfalls kein

Tor, aber Flopson schmunzelte trotzdem. Sie blieb vor einer großen, alten Kastanie stehen, deren dicker Stamm direkt vor dem Zaun in die Höhe wuchs. Die Katzenbärin schlug ihre Krallen in den Baumstamm und kraxelte daran hoch. Meili flog dicht neben ihr. Flopson kroch so lang nach oben, bis sie über den Zaun sehen konnte.

Zufrieden lächelte sie Meili zu, denn im zweiten Stock entdeckte sie einen Balkon – und da war die Tür nur angelehnt.

»Ich werde mal nachsehen ...«, zwitscherte Meili.

»Nein!«, rief Flopson. »Auf keinen Fall gehst du allein rein. Du hast doch selbst gesagt, dass das viel zu gefährlich ist.«

Sie sprang im Geäst nach oben, bis sie auf der Höhe des Balkons war. Auf einem langen Ast wagte sie sich nach vorn. Er bog sich leicht nach unten, doch er trug sie.

Bis zum Balkon waren es mehrere Meter. Konnte sie das schaffen? Na ja, schließlich war man Tierpolizistin, da gehörte Gefahr zum Beruf. Ihr Herz pochte, als sie zum Sprung ansetzte.

»Willst du etwa springen? Das ist viel zu weit!«, rief Meili.

Flopson grinste mutig. »Du hast wohl noch nie eine Katzenbärin im Sprung gesehen, was? Ich kann zwar nicht fliegen, aber ... fast.«

Während sie das sagte, streckte sie sich und sprang vom Ast auf das Geländer. Sie rutschte am glatten Metall ab und schwang sich schnell zwischen den Streben hindurch auf den Balkon.

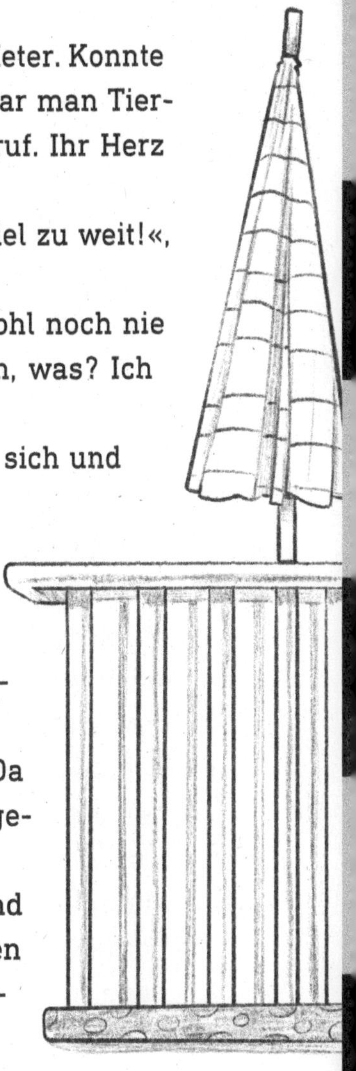

»Toller Sprung!«, rief Meili und landete neben ihr. »Ganz toller Sprung!«

»Na ja!«, kam es aus einer Ecke. »Da habe ich schon ganz andere Sprünge gesehen.«

Erschrocken blickten sich Meili und Flopson um. Auf dem Balkon standen einige Stühle und ein großer Aschenbecher, außerdem eine vertrocknete Pflanze und ein Sonnenschirm.

In der Ecke vor der Balkontür lag ein zerknüllter weißer Laborkittel. Oben waren Knöpfe zu sehen, vorn streckte sich ein Ärmel aus. Unter dem Ärmel rischelte und raschelte es. Flopson und Meili drückten sich erschrocken aneinander.

»Ist das der Geist, von dem Tuffi erzählt hat?«, flüsterte Meili.

Entgeistert riss Flopson die Augen auf. »Oh! Du hast recht!«

Etwas schob sich unter dem Kittel hervor. Was war das bloß? Es hatte weder Augen noch Mund, nein, es hatte gar kein Gesicht. Konnte es ja auch nicht, denn ...

»Das ist ja ein Hinterteil!«, rief Meili empört.

Nun kam auch der Rest zum Vorschein. Eine Schildkröte! Sie schob sich rückwärts weiter heraus.

»Tagchen!«, sagte die Schildkröte und hielt ihnen ein Vorderbein hin. Flopson stockte erstaunt, denn an dem Vorderbein hing eine goldene Armbanduhr. »Kowalski mein Name. Mit wem habe ich die Ehre?«

Meili und Flopson stellten sich vor. »Wir sind von der Tierpolizei«, sagte Flopson stolz dazu.

Kowalski grinste schief. »Ist ja ein dolles Ding. Tierpolizei also? Spielt ihr das öfter?«

Meili stemmte ihre Flügel in die Seiten und blickte die Schildkröte empört an. »Wir spielen das nicht!«

»Wir sind die echte Tierpolizei. Für Tiere in Not«, sagte Flopson.

»Süß«, sagte Kowalski und zwinkerte Meili zu.

So ein unverschämter Kerl! Meili starrte ihn wütend an. Aber Flopson dachte, dass er ihnen vielleicht helfen konnte. »Bist du ein Labortier?«, fragte sie.

»Seh ich so aus?«, fragte Kowalski.

»Ich finde schon«, sagte Meili, die noch immer sauer war.

»Wohnst du hier im Labor?«, versuchte es Flopson weiter.

»Kann schon sein«, sagte er.

Hmm. Offenbar wollte er nichts über sich verraten. Vielleicht half es ja, wenn sie ihm etwas über sich verrieten?

»Wir wollen in das Labor einbrechen«, erklärte Flopson.

Kowalski lachte. »Was denn nun? Seid ihr von der Polizei – oder seid ihr Einbrecher?«

Meili schnaufte. »Na, hör mal!«

Oh weh! Da haben sich ja zwei gefunden, dachte Flopson. »Kennst du dich hier aus?« Sie zeigte auf die Fassade des großen Hauses.

»Allerdings«, sagte Kowalski. »Niemand kennt das Haus so gut wie ich, Schätzchen.« Er zog ein freches Gesicht. »Ich wohne nämlich seit 53 Jahren hier.«

»Was?«, rief Flopson aus. Sie betrachtete ihn. Er sah wirklich alt aus, sogar für eine Schildkröte, und die können ja sehr alt werden. Aber so alt? »Warum?«

»Hat sich so ergeben«, sagte Kowalski locker. »Damals, nach meinem Flug zum Mond.« Diesen Satz ließ die alte Schildkröte erst mal wirken.

GLAUBSTE DOCH SELBST NICHT!

Meili und Flopson betrachteten die Schildkröte fassungslos. »Du warst auf dem Mond?«, fragten sie gleichzeitig.

Ein zufriedenes Grinsen huschte über Kowalskis Gesicht. »Nicht auf dem Mond, aber ich war der Erste *hinter* dem Mond. Sogar noch vor den Menschen war ich dort. Hättet ihr nicht gedacht, was?«

Meili fing sich wieder. »Nee, hätten wir nicht. Und ...« Sie sah ihn lässig an. »... und ehrlich gesagt glaube ich dir auch kein Wort. Das ist ganz großer Unsinn, den du uns hier erzählst.«

»War so!«, sagte Kowalski. »Bevor die Menschen mit Raketen ins Weltall geflogen sind, haben sie Tiere in die Raketen gesetzt. Sie wollten erst mal gucken, was passiert.«

»Das ist ja dann auch eine Art Tierversuch«, stellte Flopson fest.

»Klar! Danach haben sie mich hier im Labor immer wieder untersucht. Ob ich es gut überstanden habe.« Stolz reckte er seinen Hals aus dem Panzer. »Schließlich habe ich als erster Raumfahrer der Welt einen Blick auf die Mondrückseite geworfen.«

»Und?«, fragte Meili spöttisch. »Wie ist es da?«

»Dunkel, Kollegen. Der Weltraum ist sehr dunkel.«

Flopson überlegte. Als Erster hinter dem Mond? Das klang sehr ausgedacht. Wahrscheinlich hatte dieser Kowalski zu viel Zeit allein in seinem Panzer verbracht. Trotzdem: Wenn er seit 53 Jahren hier lebte, kannte er das Gebäude wie kein Zweiter.

»Kowalski, würdest du uns helfen?«, fragte sie.

Er runzelte seine runzlige Stirn. »Warum sollte ich das tun?«, fragte er zurück.

Diese Reaktion kannte Flopson schon – so waren sie, die Stadttiere. Bloß nicht helfen.

Meili plusterte ihr Gefieder auf. »Wir von der Tierpolizei helfen, wo wir nur können«, sagte sie. »Und du, mein Lieber, könntest das genauso machen.«

»Aber mir hilft auch niemand.« Kowalski sah auf die Armbanduhr. Er drehte sich um und tippelte wieder auf den Kittel zu. »Muss los.«

»Hey, warte!«, rief Flopson. »Es geht um die Mäusekinder.«

Erstaunt blieb Kowalski stehen. »Was ist mit ihnen?«

Meili breitete ihre Flügel aus. »Wir wollen sie befreien. Sie sollen es mal besser haben als ihre Eltern!«

»Sie werden es aber nicht besser haben«, murmelte Kowalski. »Ich habe schon so viele Mäusekinder in diesem Labor gesehen. Da kann man nichts machen. Das ist aussichtslos.«

»Nichts ist aussichtslos«, rief Flopson. »Man kann immer etwas machen.«

Kowalski blickte die Katzenbärin erstaunt an. »Glaubst du das wirklich?«

»Ja!«, sagte Flopson. »Es geht zwar nicht, aber wir müssen es trotzdem machen. Weil es einfach sein muss.«

Kowalski schien zu überlegen, dann winkte er ab. »Die Mäuse haben Pech gehabt und ihre Kinder auch. Schön, euch kennenzulernen, aber jetzt muss ich los.« Er sah auf seine Uhr. »Der 12-Uhr-Zug kommt gleich.«

Nun reichte es Meili. Sie setzte sich genau vor die Schildkröte. »Wenn du selbst nicht an das Gute glaubst, ist das dein Problem. Aber hier geht es nicht um dich. Hier geht es um die Kinder. Wie kannst du es aushalten, dass sie dadrinnen eingesperrt sind?«

»Hab mich dran gewöhnt«, sagte Kowalski.

Hilflos mussten Meili und Flopson zusehen, wie er unter dem Kittel verschwand. Natürlich wieder mit dem Kopf zuerst, sodass sie jetzt mit seinem Hinterteil sprachen.

»Warte mal!«, rief Flopson. Sie tippte auf den Teil vom Panzer, der noch zu sehen war. »Würdest du uns das Haus zeigen? Eine kleine Führung machen?«

»Warum?«, fragte Kowalski.

»Weil wir neugierig sind, wie so ein Labor eigentlich aussieht«, sagte Flopson. »Und du kennst dich doch bestimmt richtig gut hier aus.«

So flink, wie eine Schildkröte eben sein kann, schob Kowalski sich wieder unter dem Kittel hervor. Seine Augen, die eben noch müde gewirkt hatten, glänzten jetzt voller Begeisterung.

»Okay, Mädels. Kowalski steht parat. Kowalski

wird euch jetzt mal das ganze Labor zeigen.« Er tippelte auf die Balkontür zu und schob sie ein Stück weiter auf. »Na los! Kommt schon.«

Flopson und Meili lächelten sich zu. Das hatte gut geklappt!

»Hey!«, wieherte es plötzlich von der Straße her. »Wartet mal!« Fridolin stand hinter dem Zaun und blickte zu ihrem Balkon herauf. Tuffi und Jack winkten wild. »Wollt ihr etwa ins Labor reingehen?«, rief das Pony.

»Ja!«, rief Flopson zurück.

Jack rief etwas, das Flopson nicht verstand. Fridolin wiederholte es mit seiner lauten Stimme. »Jack sagt, ihr sollt nicht reingehen. Zu gefährlich.«

»Danke, Jack! Wir schaffen das schon«, rief Meili.

Flopson rief ihnen noch zu, dass sie auf jeden Fall einfach draußen warten sollten. Und keinen Unsinn machen.

»Wer ist das?«, fragte Kowalski.

»Unsere Kollegen«, erklärte Meili stolz.

»Kollegen? Es gibt noch mehr von euch Tierpolizisten?«

»Na klar!«, rief Flopson. »Wir haben sogar ein Polizeirevier.«

Kowalski wirkte tatsächlich ein bisschen beeindruckt. Die Tür war nur angelehnt, und Flopson blickte hinein. Keine Menschen zu sehen. Sie schob ihre Pfote durch den Spalt und wollte hineinschlüpfen.

»Sachte, sachte!«, rief Kowalski. »So nicht.« Er griff nach dem Kittel und drehte sich zu Meili und Flopson um. »Schlüpft erst mal hier drunter.«

»Aber der Raum ist doch leer«, sagte Flopson.

Kowalski seufzte. »Mag sein. Aber die Menschen können jederzeit reinkommen. Deshalb lautet die erste Regel im ganzen Haus: Nie ohne Tarnung. Nie! Habt ihr verstanden?«

»Ist ja nicht so schwer zu verstehen«, sagte Meili.

Flopson nickte. »Alles klar. Nie ohne Tarnung.«

Kowalski hielt den Kittel hoch. Meili hopste ohne Probleme darunter, aber Flopson war sehr viel größer als Kowalski. Sie musste ein bisschen am Kittel zuppeln, um sicherzugehen, dass sie wirklich gut getarnt war. Ihr Gesicht steckte sie durch einen Ärmel, damit sie etwas sehen konnte.

Zu dritt betraten sie den Raum, der hinter der Balkontür lag.

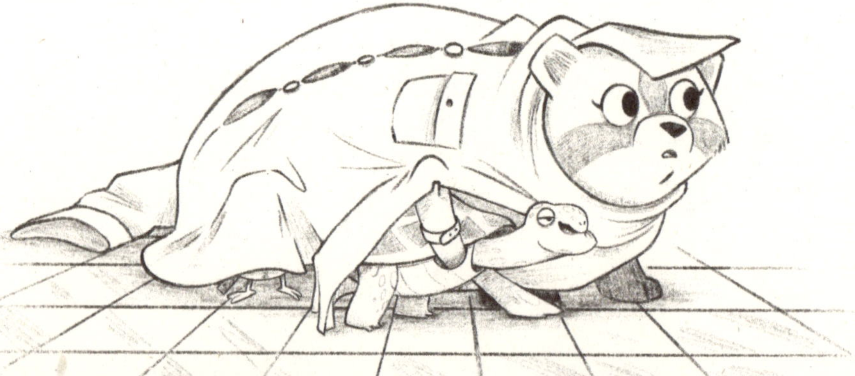

ALLE MANN STILL- UND MUND HALTEN!

Der Raum war nicht sehr groß und ziemlich vollgestopft. An den Wänden reihten sich Regale aneinander, die gefüllt waren mit Flaschen, Lappen und Rollen von Klopapier. Auf einer Seite standen Mülleimer, Wischzeug und drei ziemlich große Wagen.

»Die Luft ist rein«, erklärte Kowalski und kam unter dem Kittel hervor. »Der Putzraum hier ist meine Basis. Das beste Versteck im ganzen Haus.«

»Warum?«, fragte Flopson.

»Das wirst du schon noch verstehen, meine Kleine«, sagte Kowalski und blickte zu Flopson hoch.

Hinter seinem Rücken rollte Meili mit den Augen. Dieser Kerl war wohl ein ziemlicher Besserwisser.

Der Raum roch sehr stark nach Putzmitteln. Flopson durchfuhr ein Kribbeln, und schon nieste sie los, gleich drei Mal.

Empört sah Kowalski sie an. »Das geht gar nicht!«, schimpfte er.

»Es ist nur ... dieser Geruch kitzelt mir in der Nase«, entschuldigte sich Flopson.

»Dann nimm dich zusammen. Wenn du noch mal niest, kannst du nicht mitkommen«, sagte die Schildkröte streng.

»Ich kann nichts dafür, wenn ich niesen muss«, verteidigte sich Flopson.

»Im Weltraum geht so was auch nicht. Oder glaubst du, man darf niesen, wenn man in einer Rakete hinter dem Mond herumfliegt?« Er beantwortete die Frage selbst. »Natürlich nicht. Da muss man sich zusammenreißen.«

»Ja, gut. Weltraum, alles klar«, sagte Flopson und kicherte in sich hinein.

»Und außerdem ...«, Kowalski senkte die Stimme, »gibt es hier neuerdings einen Geist. Den wollen wir doch nicht wecken, hm?«

Oh! Vom Geist hatte Tuffi ihnen ja schon erzählt. Langsam wurde Flopson neugierig auf ihn.

»Und hier wohnst du?«, fragte Meili. »Im Putzraum?«

Kowalski zeigte unter einen Schrank. »Ich wohne dort vorn.«

Flopson legte ihren Kopf auf den Boden und sah

unter den Schrank. Tatsächlich! Dort gab es einen kleinen Schlafplatz mit einer Wasserschale. Vom Frühstück lag noch ein Salatblatt daneben. Hinten an der Wand standen, säuberlich aufgereiht, mehrere Schraubgläser. Darin befanden sich seltsame Materialien: glibberige blaue Pampe, eine rosa Masse, glitzerndes Pulver.

»Was ist das?«, fragte Meili und zeigte auf zwei hohe, schmale Gläser mit leuchtend grüner Flüssigkeit.

Die Schildkröte strahlte. »Das ist mein größter Schatz. Zu-gut-Kleber. Da wollten sie im Labor mal neuen Kleber erfinden, aber ... na ja, er klebt *zu gut*. Er verklebt alles. Sofort. Superfest. Man bekommt ihn nie wieder ab. Sie haben ihn weggeworfen, und da hab ich mir gleich ein paar Flaschen gesichert.«

»Machen die Menschen hier nie sauber und entdecken dich?«, fragte Flopson erstaunt.

Kowalski grinste schlau. »Eben genau nicht. Denn wisst ihr was? Niemand putzt den Putzraum. Den haben sie auf ihrem Putzplan einfach vergessen. Hier habe ich meine Ruhe.«

Er zog einen silbernen Kugelschreiber unter seinem Schrank hervor. An Spitze und Ende des Stifts war eine Schnur befestigt. Erstaunt beobachtete Flopson, wie Kowalski sich den Kugelschreiber umhängte wie eine Tasche.

»Was hast du damit vor?«, fragte Flopson.

Statt einer Erklärung sah er nur auf seine goldene Armbanduhr. »Wir nehmen den Zug um 12 Uhr.«

»Du kannst wirklich die Uhr lesen?« Nun war Meili doch etwas beeindruckt.

Kowalski sah sie baff an. »Also, Kind, als Raumfahrer muss man immer wissen, wie spät es ist. Hinterm Mond ist es sehr wichtig, dass man nicht das Zeitgefühl verliert.«

»Ach so, klar«, sagte Meili.

Nun waren vom Flur her Schritte zu hören. »Ts, er ist mal wieder zu früh. Was ist so schwer daran, sich an einen Zeitplan zu halten?«, ärgerte sich die Schildkröte. »Bei uns in der Raumfahrt geht das doch auch. – Los, einsteigen! Wagen zwei!« Er zeigte auf

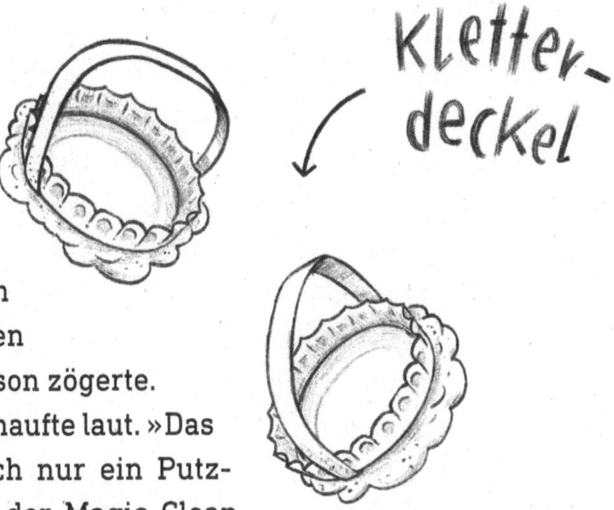

einen der drei Wagen, die aufgereiht an der Seite standen.

»Wir sollen in einen Putzwagen klettern?« Flopson zögerte.

Kowalski schnaufte laut. »Das ist nicht einfach nur ein Putzwagen, das ist der Magic Clean Car.« Begeistert suchte er nach Worten. »Eine rollende Putzzentrale. Alles vom Feinsten, das neueste Modell. Verschiedene Bauteile lassen sich individuell zusammenstellen. Mülleimer, Wischeimer, Schubladen. Die großen Rollen sorgen für eine angenehme Fahrt.«

Nachdem er die Vorzüge des Putzwagens erklärt hatte, griff er unter den Boden und holte vier kleine Schuhe hervor. Sie waren aus den Deckeln von Brauseflaschen gebastelt und wurden mit Gummis an den Füßen befestigt. Kowalski hielt die Schuhsohle eines Schuhs hoch. Sie bestand aus einer dicken rosa Masse, die übrigens nach Apfel duftete.

»Meine Kletterdeckel. Das war mal ein Experiment hier im Labor, vor vielen Jahren. Sollte ein

Kaugummi werden, den man auch als Radiergummi benutzen kann. Das wollte aber keiner kaufen, da haben die Forscher es weggeworfen.« Kowalski grinste schlau. »Und was habe ich gemacht? Ich habe mir die Reste aus dem Müll geholt.«

Verwundert beobachteten Meili und Flopson, wie sich Kowalski die vier Schühchen anzog. Wozu brauchte er Kletterdeckel? Und was sollte das überhaupt sein?

Die Schritte im Flur wurden lauter.

»Schnell!«, rief Kowalski. Flott kletterte er am Gestell des Putzwagens hoch. Weil die rosa Masse an den Schuhsohlen so gut klebte, hing er am Wagen wie Spiderman an einer Hauswand. Auf diese Weise arbeitete er sich hoch bis zur zweiten Schublade. Sie war so groß, dass alle drei Tiere hineinpassten. Sie versteckten sich zwischen Papierhandtüchern und Lappen.

»Alle Mann still- und Mund halten!«, befahl Kowalski.

Die Tür wurde geöffnet, und jemand betrat den Raum. Durch ein Loch in der Schublade sah Flopson zwei weiße Socken in grünen Sandalen, die durch den Raum schlappten. Der Mann, der zu den Socken und Sandalen gehörte, trug gelbe Kopfhörer. Er sang ein schönes Lied in einer Sprache, die Flopson nicht kannte. Wie Kowalski es gesagt hatte, griff sich der Putzmann genau den Wagen, auf dem die drei Tiere sich versteckten. Flopson spürte einen Ruck, dann wurde der Wagen losgeschoben. Sie riss erschrocken die Augen auf und klammerte sich mit einem Arm an Meili und mit dem anderen an die Putzlappen. Jetzt verstand sie, was Kowalski gemeint hatte, als er sagte, dass es gleich losginge. Der Wagen wurde aus dem Raum gefahren!

DIE RÄUME DER TÖDLICHEN …

Neugierig schob Flopson die Schublade ein kleines Stück auf und blickte hinaus. Ein langer Flur. Grüne Wände. Helles Licht. Viele Türen.

Singend fuhr der Putzmann den Wagen voran. In der Mitte des Flurs hielt er vor einer Glastür. Von drinnen ertönten viele Stimmen und lautes Geschepper von Geschirr, was Flopson unangenehm auf die Ohren schallte. Außerdem roch es stark nach Essen.

»Erster Halt: Essenraum«, sagte Kowalski. »Gerade ist Essenpause, deshalb sind die Flure leer.« Er senkte die Stimme. »Es kann sein, dass der Geist hier wohnt. Niemand weiß es so genau, aber hier wurde er oft gesehen. Manchmal gießt er den Labormenschen Spülmittel ins Essen.« Er kicherte.

Der Putzmann lief hinein und kam mit mehreren Müllbeuteln zurück. In dieser Zeit erklärte ihnen Kowalski, dass er sich hier sein Essen holte, aber nicht mit dem 12-Uhr-Zug, sondern mit dem Nachtwagen. »Nachts sind kaum Menschen da. Dann habe ich viel Zeit für Erledigungen. Was Gutes zu essen aus dem Müll und was die Schildkröte sonst noch so braucht.«

Flopson stellte sich vor, wie Kowalski nachts in dem großen Haus unterwegs war. »Bist du immer allein?«, fragte sie.

»Nee, eigentlich nicht. Ich hab ja mich«, erklärte er.

Lustige Antwort. Wenn man nur sich selbst hatte, war man doch allein, fand Flopson. Oder etwa nicht?

»Alle festhalten, der Zug fährt ab!«, rief die Schildkröte wie ein Schaffner.

Der Putzwagen hielt wieder, und es machte Pling. Schon öffneten sich zwei Türen, und der Wagen wurde in einen Fahrstuhl gefahren. Flopson kannte Fahrstühle aus dem Fernsehen. Aber wirklich in einem mitzufahren, war eine andere Sache.

Hui! Es fühlte sich herrlich in ihrem Bauch an, als der Fahrstuhl ruckte und losfuhr. Und schon ging es ab nach oben. Es war ein Gefühl wie beim Springen von einem hohen Baum. Fahrstuhlfahren – ja, das war genau das Richtige für Katzenbären!

Noch ein Ruck, noch ein Pling, und schon wurde der Wagen über den nächsten Flur geschoben. Dieser Flur war hellblau, sah aber ansonsten genauso aus wie der grüne. Der Wagen stoppte.

Kowalski ließ sich aus der Schublade fallen. »Nächster Halt. Raum der Dinge!«, rief er. Er zog die rosa Kletterdeckel von seinen Pfoten und klebte sie an seinem Panzer fest, weil er sie später noch brauchte. Meili und Flopson wagten sich nicht aus der Schublade.

»Raus mit euch. Wir haben nur sieben Minuten Aufenthalt!«, rief die Schildkröte.

Flopson steckte ihren Kopf raus. »Aber der Mann sieht uns doch.«

»Haltet euch einfach an mich«, erklärte die Schildkröte mit sicherem Lächeln. »Ich weiß genau, was er tut. Ist jeden Tag das Gleiche.«

Der Mann begann, den Flur zu wischen. Immer auf der Hut vor ihm, führte Kowalski die beiden Polizistinnen zu einer Tür.

»Das ist eine automatische Tür«, erklärte er. »Die

gibt es hier überall. Man muss auf den Schalter drücken, dann geht sie auf.«

Links von der Tür entdeckte Flopson einen Schalter, auf dem TÜR stand. Auf einem zweiten Schalter stand ALARM. Den sollten sie wohl lieber in Ruhe lassen.

»Und wie drückst du bitte schön diesen Schalter?«, fragte Meili frech, denn der Schalter war für eine kleine Schildkröte unerreichbar.

Lässig zog Kowalski den Kugelschreiber von seiner Schulter. »Damit. Ist wieder so eine Erfindung von den Laborleuten: ein Stift, den man auch als Fliegenklatsche benutzen kann. Die Klatsche klatscht aber viel zu kräftig, deshalb haben sie ihn aussortiert. Ich nenne ihn Türklatscher.«

Er zielte genau auf den TÜR-Schalter, dann drückte er auf den hinteren Teil vom Kugelschreiber. Vorn schnellte eine kleine Fliegenklatsche an einer langen Schnur heraus. Die Klatsche traf genau den TÜR-Schalter. Und? Die Tür ging wirklich auf!

Die drei betraten den Raum. Warum er ihn den »Raum der Dinge« nannte,

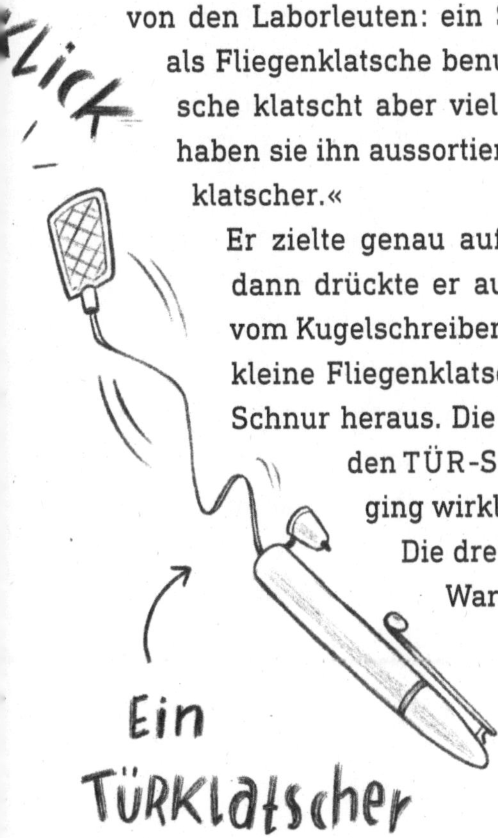

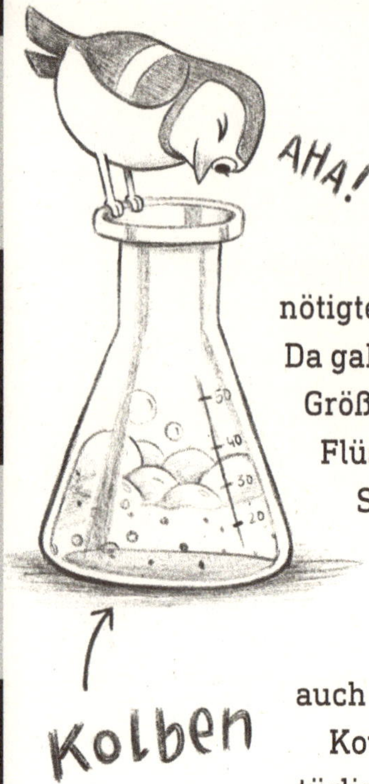

verstand Flopson sofort. Er war voller Dinge! Regale über Regale reihten sich hintereinander. Sie waren voller Dinge, die man in einem Labor benötigte. Kowalski erklärte, was das alles war. Da gab es Reagenzgläser und Kolben in allen Größen und Formen. Pipetten, Flaschen mit Flüssigkeiten und Pulvern. Schutzbrillen, Schläuche und Messgeräte. Die beiden Tierpolizistinnen betrachteten alles genau.

»Und die Mäusekinder? Sind die auch hier?«, fragte Meili.

Kowalski sah sie misstrauisch an. »Natürlich nicht!« Er blickte auf die Uhr. »Zeit um!«, rief er zackig.

Sie kletterten wieder auf den Wagen, wobei Kowalski seine klebrigen Kletterschuhe benutzte. Zu dritt versteckten sie sich in der Schublade.

»Ich würde gern mal das Labor sehen, wo die Mäuse getestet werden«, sagte Meili.

Kowalski schnaufte. »Wo man hält, kann man sich nicht aussuchen, der Zug nimmt immer die gleiche Strecke.«

Der Putzwagen fuhr weiter, und die drei streckten ihre Köpfe hervor. Mit seinen kurzen Armen zeigte Kowalski auf viele Türen, die auf beiden Seiten des Flurs abgingen. »Das sind die Räume der tödlichen …«

Flopson und Meili sahen ihn erschrocken an. Ein Schauer lief über Flopsons Rücken. Tödlichen – was?

»Die Räume der tödlichen … Langeweile«, sagte Kowalski und kicherte.

Flopson schnaufte erleichtert, und Meili schnalzte mit der Zunge.

Kowalski erzählte, dass dahinter die Büroräume lagen, in denen es nichts als Tische, Stühle, Computer und Ordner gäbe. »Früher, als ich noch aktiv in der Weltraumforschung war, vor 53 Jahren, da gab es nicht so viele Büros. Da wurden die Dinge noch getan, statt sie in den Computer zu schreiben.«

Als Flopson das Pling des Fahrstuhls hörte, jubelte sie innerlich. Schon ging es eine Etage höher.

Der Flur war hier lila gestrichen. Der Putzmann, der noch immer die Kopfhörer

trug und dazu sang, schnappte sich einen Wischmopp und begann, den Flur zu wischen. »Hier wird drei Mal täglich gewischt«, sagte Kowalski nicht ohne Stolz.

Die Schildkröte flüsterte jetzt nur noch. »Auf dieser Etage sind die wichtigsten Räume zu finden. Bleibt lieber im Wagen, denn es ist gefährlich. Vor allem für euch, weil ihr hier keine Ahnung habt.«

Da kannte er aber die Tierpolizei schlecht. Nur weil es gefährlich wurde, ließen sich Flopson und Meili noch lange nicht stoppen.

DER KAWUMM-RAUM

Die beiden Polizistinnen sprangen vom Wagen. Kowalski blieb sitzen und schimpfte, dass sie zurückkommen sollten. »Tarnung!«, rief er. »Wollt ihr wohl hören?! Tarnung, sag ich!«

Flopson sah sich um. Die Türen waren hier größer. Ganz hinten entdeckte sie eine Doppeltür, an der mehrere Warnschilder hingen. Sie las vor:

»GIFTIG!

GEFÄHRLICH!

NUR MIT ERLAUBNIS BETRETEN!«

»Sind dahinter die Mäusekinder?«, fragte Meili.

»Kommt sofort zurück!«, rief Kowalski, was eigentlich keine Antwort auf die Frage war.

Flopson drückte ihre Pfoten in den Türspalt und wollte die Tür aufschieben, aber es rührte sich nichts.

»Das ist auch eine automatische Tür!«, meckerte

Kowalski. Ungeschickt ließ er sich vom Wagen plumpsen und tippelte auf sie zu. »Die kriegt ihr nicht auf.«

»Ach ja?« Flopson ging auf die Hinterbeine und reckte die Pfoten so hoch, wie sie konnte. Fast gelangte sie an den Schalter – aber eben nur fast.

Der Putzmann war mit dem Wischen fertig und fuhr den Wagen in ihre Richtung. Die drei Tiere versteckten sich hinter einem Mülleimer.

»Was ist denn in diesem Raum?«, fragte Flopson.

»Das erzähle ich euch später. Jetzt müssen wir wieder in den Zug steigen.«

»Nö!«, sagte Meili. Sie flatterte in die Höhe, drehte einen eleganten Salto und sauste auf den Schalter zu. Mit ihrem Schnabel haute sie im Flug auf den Schalter, und die große weiße Tür schob sich auf.

»Und jetzt schnell, bevor die Tür wieder schließt.« Mutig flog die Blaumeise in den Raum.

»Komm sofort zurück! Wir verpassen sonst den Zug!«, japste Kowalski.

Aber die beiden hörten nicht auf ihn. Kowalski hastete über den glatten Boden – so schnell eine Schildkröte eben hasten kann. Und das war erstaunlich schnell. Die Tür schob sich schon wieder zu, doch Flopson hielt ihre Pfote dazwischen, und Kowalski schaffte es gerade noch hinein.

Staunend tapste Flopson durch den Raum. Auf weißen Tischen standen Laborgeräte, große und kleine Kolben und Computer. Es gab hohe Kühlschränke, und in einer Ecke befand sich eine Maschine, in der drehten sich winzige Gläschen im Kreis. Überall lagen Handschuhe und Schutzbrillen herum.

»Das ist der Kawumm-Raum«, sagte Kowalski voller Ehrfurcht. »Mein Lieblingsraum.« Er wartete kurz. »Und? Wollt ihr wissen, warum ich ihn so nenne?«

Flopson nickte höflich.

»Dann fragt mich doch mal.«

Meili rollte mit den Augen.

»Warum hast du diesen Raum Kawumm-Raum genannt?«, fragte Flopson.

Kowalski kicherte. »Weil es hier oft Kawumm macht. Man kann zu Recht behaupten, dass ich mehr als ein Kawumm selbst angezettelt habe.« Er strahlte über das ganze Gesicht.

Er ging voran, als ob er hier arbeiten würde, zeigte hierhin und dorthin und erklärte: »Hier probieren die Menschen herum und erfinden neues Haarshampoo, Schuhcreme oder Wandfarbe. Dort drüben kracht es am meisten, weil sie da alles zusammenkippen. Da vorn schreiben sie es in ihre Computer.

Diese Maschine hier ist nur dafür da, Sachen umzurühren. Hier wird gemessen und gewogen. Das ist ein Riesenmikroskop. Habt ihr schon mal durch ein Mikroskop gesehen?«

»Natürlich nicht«, sagte Meili.

»Nur durch die Lupe von Jack.« Flopson legte ihre Pfote drunter, konnte aber nichts erkennen. »Das soll meine Pfote sein?«, fragte sie.

»Nein, das ist nur ein Haar von deinem Fell. Und davon nur die Hälfte«, antwortete Kowalski schlau.

Nun staunte Flopson aber doch. Das war ein Haar? Der Kawumm-Raum fing an, ihr zu gefallen. Sie schob Krümel und Federn und sogar Spucke unter das Mikroskop.

»Und wo sind die Mäusekinder?«, fragte Meili wieder.

Kowalski blickte sie an. »Warum interessierst du dich so für sie?«

»Ich liebe Kinder«, erklärte Meili. »Und ich ertrage es nicht, dass sie in enge Käfige gesperrt sind. Und dass sie Diätpulver testen sollen, statt draußen mit den anderen Kindern übers Feld zu tollen.«

Kowalski blickte sie an und nickte. »Ja, ja. Schon richtig.«

»Und? Wo sind sie?«, fragte Flopson. »Verrate es uns.«

Aber Kowalski schwieg, zog eine Schublade auf und holte etwas Schokolade hervor, die vermutlich ein Mensch dort hineingelegt hatte. Er knabberte los und bot ihnen nichts an.

»Nun reicht es mir«, sagte Meili. Sie flatterte auf einen Tisch und schnappte sich ein Reagenzglas mit einer blauen Flüssigkeit. »Ich kippe das aus, wenn du uns nicht endlich sagst, wo die Mäusekinder sind.«

»Kannst du von mir aus ruhig machen«, sagte die Schildkröte. »Aber das da knallt nicht. Riech mal dran.«

Flopson sprang auf den Tisch und schnupperte an der blauen Flüssigkeit. »Bua!«, rief sie. »Das stinkt.«

»Mir gefällt es ganz gut. Riecht nach Blumen. Ist unser neuer Duftstoff für Mülltüten. Wenn du Kawumm willst, musst du dahinten das weiße Puffpulver in die Schale mit dem gelben, glibberigen Knistermeister schütten. Aber dann ab durch die Mitte, sonst knallt es dir die Federn weg.«

»Gut!«, sagte Meili trotzig und tippelte über den Tisch, um das weiße Pulver zu holen. Sie schob das Glas mit dem gelben Glibberzeugs heran, schnappte sich einen Löffel und wollte beides zusammenkippen.

Flopson merkte, dass Meili es ernst meinte. Und sie hatte recht. Warum wollte Kowalski ihnen die Mäusekinder nicht zeigen? Meili indes war kurz davor, das weiße Pulver mit dem Glibberzeug zu mischen.

»Stopp!«, rief Kowalski. »Mach's nicht! Das knallt wirklich. Beruhige dich erst mal«, beschwichtigte er. »Hier gibt es keine Mäusekinder.«

»Warum lügst du uns an?«, rief Flopson, die nun auch sauer wurde. »Wir wissen genau, dass die Mäusekinder hier sind, das hat Tuffi uns gesagt. Statt von Blumenduft zu reden, solltest du uns lieber helfen.« Sie sprang vom Tisch.

Dabei kippte leider das Reagenzglas mit dem Puffpulver um und rieselte genau in die Schale mit dem gelben, glibberigen Knistermeister.

»Runter!«, rief Kowalski.

DRITTE TÜR RECHTS!

Meili konnte gerade noch vom Tisch flattern, dann passierte genau das, was Kowalski gesagt hatte. Es gab ein gehöriges Kawumm. Das gelbe Glibberzeugs knallte und puffte und qualmte aus der Schale. Sofort leuchtete über der Tür eine rote Alarmlampe auf. Sie piepte so laut, dass Flopson sich die Ohren zuhalten musste.

»War ja klar – der Rauchmelder«, seufzte Kowalski. »Nichts wie weg hier.« Schon hörte Flopson rennende Schritte im Flur. Sie nahm Anlauf, schlitterte über den glatten Fußboden, griff sich im Rutschen Kowalski und Meili und glitt mit ihnen unter einen Schrank.

Gerade noch rechtzeitig, bevor die Tür aufgerissen wurde! Von ihrem Versteck aus beobachteten die Tiere, wie drei Paar Schuhe in den Raum hineinrannten. Flopson linste unter dem Schrank hervor. Ein junger Mann in einem weißen Kittel packte den Feuerlöscher und besprühte das qualmende Gemisch. Die Forscherin mit den fünf Brillen war auch dabei. Hektisch suchte sie an einem großen Schlüsselbund herum, dann schloss sie den Fenstergriff auf und ließ frische Luft herein. Ein Wachmann stellte den Rauchmelder aus.

»Wer war das?«, fragte die Frau.

»Ich nicht«, sagte der junge Mann.

»Wer sonst? Sie waren als Letzter im Raum, Palander«, sagte die Frau streng.

»Der Raum war doch leer. Das war wieder der Geist. Ich sag's Ihnen, Frau Knuck, hier spukt es«, sagte er.

»Spuken gibt es nicht«, sagte die Frau mit den fünf Brillen, die offenbar Frau Knuck hieß.

»Doch, doch! Im Labor wohnt neuerdings ein Geist. Er spukt überall herum. Aber besonders gern spukt er hier im großen Labor. Ich glaube, er ist gegen Tierversuche.«

»Also nun hört sich wohl alles auf!«, rief Frau Knuck. »So ein Unsinn.« Mit ihren lila Sandalen blieb sie genau vor dem Schrank stehen, unter dem sich die drei Tiere versteckten. Schnell zog Flopson ihren Kopf zurück.

»Aber Sie haben es doch selbst gesehen. Keiner war im Raum. Und dann knallt es einfach. Das war schon das dritte Mal«, verteidigte sich Palander.

»Sie sind Forscher, Palander! Sie sollten nicht an solchen Humbug glauben. Geister gibt es nicht.«

Flopson und Meili sahen sich an. War es etwa Kowalski, der hier spukte? Ja, das würde passen. Doch als Flopson sich nach ihm umdrehte, war Kowalski gar nicht mehr da. Sie sah gerade noch, wie er aus dem Raum schlich.

Meili schnaufte. »Weißt du, was ich glaube?«, flüsterte sie. »Dieser Kowalski weiß ganz genau, wo die Mäusekinder sind. Er will es nur nicht verraten. Aber wir finden das jetzt raus!« Meili flog einfach los. Vorbei an den lila Sandalen und auf die Tür zu. Sie sah sich zu Flopson um und winkte. Flopson wollte hinterherrennen.

Doch in diesem Moment sagte Frau Knuck: »Holen Sie mal zehn Mäuse von nebenan. Heute testen wir den neuen Rasierschaum.«

Flopson stoppte und lauschte. Die Mäuse waren nebenan?

»Muss das wirklich sein?«, fragte Palander. »Die armen Mäuse, die frieren doch, wenn wir sie rasieren.«

»Also, Palander, Sie frieren doch auch nicht ohne Bart«, sagte Frau Knuck streng.

»Ich bin ja auch keine Maus«, stellte er fest.

»Da bin ich mir nicht so sicher«, sagte Frau Knuck.

Herr Palander runzelte kurz die Stirn. »Aber wir brauchen keine Tierversuche mehr. Das ist total altmodisch. Es gibt mittlerweile andere Arten, wie man neue Mittel ausprobieren kann. Und ehrlich gesagt ... Rasierschaum kann man wirklich auch an Menschen testen.«

Nun sperrte Flopson ihre Ohren auf. Herr Palander war gegen Tierversuche? Das war ja interessant. Sie hatte gedacht, dass alle Forscher es gut fanden. Vorsichtig blickte sie unter dem Schrank hervor und warf einen Blick auf Palander. Er war jung, hatte einen Bart und lustige braune Augen. Auf seinem weißen Kittel prangten einige Farbflecken. Vielleicht ... war er sogar der Geist?

»Ach, jetzt bin ich also altmodisch?«, schimpfte Frau Knuck.

»Sie doch nicht. Die Tierversuche. Wir haben kein Recht, Haarshampoo und Spülmittel an Tieren auszuprobieren.«

»Warum denn nicht? Das machen wir schon immer so. Warum sollen wir das jetzt ändern?«, fragte Frau Knuck.

»Weil es nicht in Ordnung ist. Und weil Mäuse ganz anders sind als Menschen. Es gibt Sachen, die sind für Menschen giftig, aber Mäusen machen sie nichts aus. Dafür werden Mäuse von Dingen krank, die Menschen gut vertragen. Mäuse sind nun mal keine Menschen, und es klappt eigentlich nicht so gut, Rasierschaum oder Diätpulver an ihnen zu testen.«

»Papperlapapp«, sagte Frau Knuck. »Und jetzt holen Sie zehn Mäuse. Na los.«

Palander seufzte und ging auf eine Tür zu, die sich auf der anderen Seite des Raums zwischen zwei Regalen befand. Er zog eine Schlüsselkarte aus seinem Kittel und hielt sie an ein Kästchen neben dem Türrahmen. Surrend öffnete sich die Tür, und er ging hinein.

Flopson reckte und streckte sich weiter unter dem Schrank hervor, doch sie konnte nicht in den anderen Raum hineinsehen. Na ja, wenigstens wussten sie jetzt schon mal, wo die Mäuse waren.

»Jetzt kommst du aber!«, schimpfte Meili von der Flurtür aus.

Die Forscher kehrten Flopson gerade den Rücken zu, und schnell rannte sie in Richtung Tür. Die stand noch immer offen, und Flopson und Meili schlüpften hindurch.

Ganz am Ende des Flurs entdeckten sie Kowalski, der gerade wieder in den Putzwagen stieg.

»Los! Den holen wir ein!«, rief Meili.

Da kam ein Forscher in einem weißen Kittel aus einer Tür. Er lief genau auf die Tiere zu. Zum Glück guckte er auf sein Handy.

»Tarnung!«, rief Meili.

An der Seite neben dem Mülleimer stand ein großer

Pappkarton, auf den eine Kaffeemaschine gedruckt war. Er war leer. Flink kletterte Flopson hinein, und Meili folgte ihr. Sie warteten, bis der Mann in einer weiteren Tür verschwand.

Dieser Karton war genau richtig! Den Boden des Kartons riss Flopson ab, sodass die untere Seite offen war. Nun konnte sie damit herumlaufen. Meili pickte zwei Löcher für die Augen hinein. Startklar! Der Pappkarton lief auf den Fahrstuhl zu. Der Putzmann hatte seinen Wagen bereits hineingeschoben. Er telefonierte laut. Die Tür schloss sich langsam. Der Pappkarton rannte los – doch zu spät. Der Fahrstuhl setzte sich in Bewegung.

Meili fluchte einige Vogelausdrücke. Aber Flopson bemerkte, dass über der Tür eine digitale Anzeige hing. Darauf war zu sehen, in welchen Stock der Fahrstuhl fuhr. Ah! Die Fünf.

Kurz darauf hielt der Fahrstuhl wieder bei ihnen. Die Tür ging auf – und er war leer.

»Komm!«, sagte Flopson kurz entschlossen. Samt Karton betrat sie den Fahrstuhl. Sie las Meili die Zahlen vor, die auf den Fahrstuhlknöpfen standen. Meili tippte mit dem Schnabel auf die Fünf, und der Fahrstuhl fuhr ruckend an.

»Praktisch, wenn man fliegen kann«, stellte Flopson fest.

Meili nickte. »Finde ich auch. Kann mir gar nicht vorstellen, wie es ist, wenn man immer laufen muss.« Sie grinste.

Im fünften Stock stiegen sie aus. Der Flur war hier gelb gestrichen. Er war menschenleer, nur ganz hinten stand der Putzwagen. Ohne zu zögern, rannte Flopson los. Oder besser gesagt, rannte der Karton los.

Der Putzwagen parkte vor der letzten Tür rechts – und diese Tür stand offen. Sie war klein und aus Metall. Flopson war ziemlich aufgeregt, denn sie hatte keine Ahnung, was sie hinter der Tür erwartete.

Der Putzmann leerte gerade den Mülleimer in diesem Raum aus. Schnell schlüpfte der Karton hinter ihm hinein. Es war ganz still hier. Der Putzmann trug zwei Tüten hinaus. Wo war Kowalski? War er gar nicht hier? Flopson versuchte, durch die Löcher im Karton etwas zu erkennen.

Kaum hatte sich die Tür hinter dem Putzmann geschlossen, hob richtiger Krach an.

»Ah! Oh! Hallo!«, riefen viele Stimmen durcheinander. »Er kommt! Der Meister kommt! Da ist unser Meister! Hast du uns was mitgebracht? Was gibt's Neues von draußen? Was macht das Weltall? Weißt du, wann es Futter gibt?« Es waren hohe, lustige Stimmen. Stimmen von Mäusekindern.

Langsam drehte Flopson den Karton und blickte sich um. Der Raum war angenehm warm und hell, an der Decke hingen große Lampen. Auf mehreren Tischen standen silberne Käfige, in denen winzige weiße Mäuse saßen. An den Käfigen waren von außen Schreibblöcke und Messgeräte angebracht.

Die Mäusekinder drängten sich vorn ans Gitter, sie winkten und riefen.

Und jetzt entdeckte Flopson auch Kowalski. Er griff nach seinen Kletterdeckeln und zog sie wieder an. Mithilfe der Schuhe kletterte er an einem Drehstuhl hoch. Als er oben ankam, zog er sich die

Schuhe aus und schnappte sich einen Besen. Damit drückte er sich vom Boden ab und schob den Drehstuhl durch den Raum wie ein kleines Boot. Auf diese Weise ruderte Kowalski von Tisch zu Tisch. Er besuchte jeden Käfig, tätschelte die Mäusekinder durch das Gitter, reichte ihnen ein paar Naschereien. Das Ganze sah sehr gekonnt aus, so als ob er das schon oft getan hatte.

FLIEGEN KANN DOCH JEDER!

Nachdem Kowalski alle Mäuschen begrüßt hatte, lenkte er den Drehstuhl zur Wand gegenüber. Dort stand ein ganzer Haufen altmodischer Dinge. Ein Skelett aus Kunststoff, ein riesiges altes Mikroskop, seltsame Maschinen. Alles war eingestaubt und wirkte wie aus einem Museum.

Und daneben? Ja, dort stand ... eine Rakete! Sie war etwas größer als ein Mensch und sah ziemlich echt aus. Zwischen den anderen Dingen fiel sie gar nicht auf. Als Flopson genauer hinsah, erkannte sie, dass die runde Außenwand der Rakete aus dem Blech von Kaffeedosen und Bohnenbüchsen zusammengeklebt war. Jetzt ahnte sie auch, wozu die Schildkröte den Zu-gut-Kleber brauchte.

Kowalski zog eine Tür auf und kroch in die Rakete. Von innen öffnete er ein rundes Fensterchen. »Na, meine Kleinen, was wollt ihr heute hören?«

»Noch mal von hinterm Mond!«, rief ein Mäuschen.

»Nee, von hinter der Sonne!«

»Nee, von der Rakete!«, riefen weitere Mäusekinder.

Kowalski lächelte glücklich. Er lehnte sich aus dem Fenster und erzählte, wie er damals, vor 53 Jahren, als erstes Lebewesen mit einer kleinen Rakete den Mond umrundet hatte. Die kleinen Mäuse kannten die Geschichte so gut, dass sie mitsprechen konn-

ten. Wenn Kowalski etwas Falsches sagte oder etwas vergaß, riefen sofort alle durcheinander.

Eine Maus zeigte auf die Rakete. »Ist das die Rakete, mit der du geflogen bist?«

Eine andere Maus puffte sie in die Seite. »Quatsch! Diese Rakete hat sich Kowalski neu gebaut. Hast du nicht zugehört?«

»Nee.«

Flopson überlegte. Kowalski war kein Feind der Mäusekinder. Er war ihr Freund. Aber warum wollte er nicht helfen, sie zu befreien? Sie wollte Meili etwas zuflüstern, doch dabei bekam sie eine Feder in ihre empfindliche Nase. Unter dem Karton musste sie niesen. Die Mäuschen kreischten auf.

»Keine Angst! Ich beschütze euch«, rief Kowalski. »Wer da? Zeig dich, oder du bekommst es mit mir zu tun!«

Flopson kroch unter dem Karton hervor. »Wir sind's nur.«

Die Mäusekinder verstummten erschrocken. Alle miteinander und sofort auf der Stelle. Kein Pieps war zu hören. Sie starrten die beiden Tiere an. Genauso schnell, wie sie alle verstummt waren, riefen sie nun durcheinander.

»Was is'n dis? Du, was'n?«, fragte eine kleine Maus.

»Pst! Lieber leise sein.«

»Ja, ja. Genau, genau. Seid lieber leise.«

»Alle müssen leise sein!«, riefen sie laut durcheinander.

Ein Pfiff unterbrach die Rufe. Erschrocken verstummten die Mäuse. Es war Kowalski, der gepfiffen hatte. »Das sind Flopson und Meili«, erklärte er.

Schon plapperten alle wieder los.

»Ja, aber was sind denn das für welche?«

»Na, Menschen!«

»Nee, wohl nicht. Viel zu klein.«

»Und auch bisschen viel Fell.«

Kowalski pfiff wieder. »Sie sind Tiere. Andere Tiere. Eine Blaumeise und eine Katzenbärin.«

»WAS?« Nun war es ganz und gar vorbei. Die Mäuse riefen wild herum, denn sie konnten es nicht fassen.

»Es gibt noch andere Tiere? Andere, außer Mäuse?«, fragte eine Maus mit einem braunen Bein.

»Es gibt doch auch mich. Ich bin eine Schildkröte.«

»Nee, du bist einfach nur du. Unser Kowalski. Und wir sind Mäuse. Und es gibt Menschen. Was anderes kennen wir nicht«, sagte die braunbeinige Maus.

»Ich will lieber, dass es nur Mäuse gibt. Aber keine anderen Tiere. Das ist mir zu kompliziert«, piepste eine sehr kleine Maus erschrocken.

»Ja, genau, das können wir uns nicht merken.«

Flopson sprang auf einen Schreibtisch und wagte sich näher an einen Käfig heran. Ängstlich drückten sich die Mäuse aneinander.

Sie kreischten: »Sie frisst uns alle auf! Alle auf einmal.«

»Und dann sind wir weg. Für immer. In ihrem Bauch.«

»Das ist voll gemein!«

Flopson erzählte den Mäusekindern, dass es noch ganz viele Tiere da draußen gab. Große und kleine, glatte und fellige und sogar welche ohne Beine oder ohne Ohren. Aber das Geschrei ging weiter.

Meili flatterte neben sie. »Beruhigt euch, meine Kleinen. Wir tun euch nichts. Wir wollen euch helfen.«

Trotz ihrer freundlichen Worte wurde wieder gekreischt: »Was macht sie da bloß?«

»Sie fällt durch die Luft!«

»Aber sie fällt nicht runter.«

»Sie fällt hoch.«

»Nein, Quatsch, du Idiot. Sie is' 'ne Rakete.«

»Ach so! Hab ich doch gleich gewusst.«

Meili kicherte. »Ich bin ein Vogel. Vögel können fliegen«, erklärte sie.

Nun waren die Mäuschen hin und weg. »Fliegen? Ach so. Fliegen kann doch jeder!«

»Hab ich ja gleich gewusst. Mach ich auch immer.«

»Guckt mal, Leute, ich kann fliegen!« Eine Maus mit einer langen Schnauze probierte es gleich aus, kletterte am Käfig hoch und versuchte zu fliegen. Natürlich fiel sie runter und genau auf eine andere Maus.

»Aua! Du, bei mir klappt es nicht mit dem Fliegen. Mach mal, dass ich auch fliegen kann«, sagte die Maus mit der langen Schnauze.

»Das ist nur, weil wir im Käfig sind. Wenn wir draußen wären, könnten wir auch fliegen«, meinte eine andere Maus.

Meili lachte. »Fürs Fliegen braucht man Flügel«, erklärte sie und breitete ihre Flügel aus. Ein Raunen ging durch die Menge, und alle wollten die Flügel mal anfassen. Sie schoben ihre winzigen Arme durch die Gitterstäbe. Eine Maus mit Segelohren rupfte Meili eine Feder aus und steckte sie sich ins Fell. Sie versuchte zu fliegen, aber auch das klappte nicht.

»Fliegen ist voll doof!«, sagte die Maus. »Das geht ja gar nicht.«

»Vögel haben den richtigen Körper dafür«, erklärte Meili. »Aber wir müssen eine Weile üben, bis wir es können.«

Während Meili den Kleinen mehr übers Fliegen erzählte, sah Flopson sich um. Sie ging näher an einen Käfig heran und betrachtete die Tür. Es sollte kein Problem sein, sie zu öffnen. Flopson streckte ihre Pfote aus.

»Hey, Moment mal!«, rief Kowalski. »Was soll das werden?«

»Ich befreie die Mäusekinder«, erklärte Flopson. »Wir öffnen alle Käfige, und dann überlegen wir uns, wie wir sie hier rausbringen können.«

Kowalski winkte aufgeregt. »Nein! Das ist viel zu gefährlich!«

»Das ist unser Auftrag. Wir sollen die Mäusekinder befreien.«

»Aber wie sollen sie denn klarkommen?«, fragte Kowalski. »Sie waren noch nie draußen, nicht einen einzigen Tag. Sie haben keine Ahnung von gar nichts.«

»Doch! Wir wissen alles vom Mond«, sagte ein Mäuschen stolz.

»Sogar von hinterm Mond!«, sagte die Maus mit den Segelohren.

»Das schaffen sie schon«, sagte Meili. Zusammen mit Flopson drückte sie den Riegel der ersten Tür auf. Die Tür klappte nach unten.

»Bitte schön!«, sagte Flopson.

Die kleinen Mäuschen starrten sie an. Meili winkte mit ihrem Flügel. »Kommt raus, meine Kleinen. Wir bringen euch in die Freiheit.«

Aber die Mäuschen setzten sich alle miteinander auf den Boden und verschränkten ihre Ärmchen. Kein Einziges von ihnen bewegte sich in Richtung Freiheit. Flopson öffnete einen weiteren Käfig, doch dort passierte genau das Gleiche: nichts.

Sie wollten gar nicht raus!

WIR WOLLEN WAS ANDERES

Meili und Flopson starrten fassungslos auf die bockigen Mäuschen. »Was ist denn nun los?«, fragte Flopson.

Die Maus mit den Segelohren wagte sich vor. »Wir wollen nicht raus!«

»Aber nächste Woche sollt ihr Diätpulver testen. Und deshalb wollen wir euch vorher befreien. Wir sind nämlich von der Tierpolizei«, erklärte Flopson.

»Kannst du auch fliegen?«, fragte die Maus mit dem braunen Bein.

»Nein«, sagte Flopson.

»Okay«, sagte die Maus und drehte sich wieder zu Meili um. »Wir wollen was anderes.«

»Und was?«, fragte Meili.

»Unsere Eltern sollen uns hier abholen.«

»Wir gehen hier nicht ohne unsere Eltern weg.«

»Das trauen wir uns nicht.«

»Aber eure Eltern wollen doch auch, dass ihr es mal besser habt«, sagte Meili. »Dass ihr in Freiheit leben könnt.«

»Und wir wollen, dass unsere Eltern es mal besser haben«, sagte die besonders kleine Maus.

Flopson seufzte. »Kommt doch erst mal mit. Und wenn ihr in Sicherheit seid, versuchen wir, eure Eltern zu befreien.«

»Du kannst nicht fliegen«, sagte die besonders kleine Maus. Offenbar wollten die Mäusekinder nur mit Tieren reden, die fliegen konnten.

»Kowalski kann auch nicht fliegen«, sagte Flopson.

»Doch!«, riefen die Mäuse durcheinander. »Sogar bis zum Mond.«

»Sogar in einer Rakete.«

Na gut. Flopson gab es auf und ließ Meili reden. Aber die Mäuschen blieben hartnäckig. Ihre Eltern sollten sie hier abholen, vorher würden sie nicht einen Schritt machen.

»Ich hab keine Eltern«, sagte eine Maus, die Tüffel hieß. »Ich hab nur 'ne Oma. Die soll mich hier abholen. Sie heißt Tuffi.«

»Tuffi!«, rief Flopson. »Die kennen wir.« Die Mäuse blickten sie an, als würde sie sich in ein fremdes Gespräch einmischen.

»Flopson hat recht«, sagte Meili. »Tuffi wartet da draußen auf euch.« Mit dem Flügel zeigte sie zum Fenster.

»Aber Tuffi soll mich hier drin abholen«, sagte Tüffel. »Genau hier.«

Flopson und Meili sahen sich an. Wenn die Mäusekinder nicht mitkommen wollten, konnten sie nichts tun.

»Tja«, sagte Kowalski. »Das wird wohl nichts. Die Mäusekinder wollen leider hierbleiben.« Er selbst schien nicht besonders traurig darüber zu sein.

Aber so schnell ließ sich Flopson nicht abwimmeln, wenn sie einen Fall übernommen hatte. »Na gut«, sagte sie. »Dann werden wir eben erst eure Eltern befreien, und sie holen euch dann hier ab. In Ordnung?«

»JAA!«, brüllten alle Mäusekinder durcheinander.

»Unsere Eltern holen uns ab! Wir freuen uns so!«

»Wir freuen uns auf unsre Eltern!«

Meili seufzte. »Da hast du ja was versprochen.«

Und wo war Kowalski schon wieder? Flopson guckte sich um. Die Schildkröte saß in ihrer Rakete und wirkte ganz und gar in sich zusammengesunken. Traurig sah sie auf. Mit einem langen Seufzen ließ sie den Blick über die kleinen Mäuschen schweifen.

Draußen auf der Straße wurde es laut. War das etwa ein Wiehern? Flopson und Meili stürmten zu einem der Fenster. Flopson sprang ein paar Mal gegen den Griff, aber es gelang ihr nicht, ihn zu öffnen.

»Die Fenster sind im ganzen Haus abgeschlossen. Das hat irgendwie mit Sicherheit zu tun«, erklärte Kowalski.

Wieder wurde draußen laut gewiehert. »Bestimmt machen die anderen sich riesige Sorgen, wo wir bleiben«, sagte Meili.

»Wir müssen sofort das Fenster öffnen!«, rief Flopson.

»Da habt ihr Glück«, sagte Kowalski. Er zeigte auf das Fenster ganz links. »Da ist der Griff kaputt.«

Flopson sprang auf das Fensterbrett und zog das Fenster auf. Nun hörten sie es ganz deutlich. »Flopson! FLOPSON!! MEILI?! Wo bleibt ihr!? Hallo!«, rief Fridolin.

»Wir sind hier! Hier oben!«, rief Flopson. Aber Fridolin hörte sie nicht. Flopson nahm einen weißen Kittel vom Haken, um damit zu winken. Doch dann stockte sie und betrachtete kleine Spuren, die über den Kittel liefen. Sie waren lila und sahen aus wie von einer Mäusepfote. Flopson dachte kurz darüber nach, wie die Spuren auf den Kittel gekommen sein könnten. Dann winkte sie damit aus dem Fenster. Der Wind riss Flopson den Kittel aus den Pfoten. Er flatterte über das Gelände und blieb in der Kastanie hängen. Es sah ein bisschen geisterhaft aus.

Flopson überlegte. »Wann fährt der nächste Wagen?«

»Heute Abend um 6 Uhr«, sagte Kowalski.

»Was?«, fragte Flopson erschrocken. »Und so lange wartest du hier?«

Kowalski nickte und zuckte mit den Schultern. »Mach ich immer so. Ich erzähle den Kleinen noch eine Geschichte und passe auf, dass sie alle fein ins Bett gehen.«

»Du kümmerst dich jeden Tag um die Mäusekinder?«, fragte Meili.

»Na klar. Sonst sind sie doch ganz allein. Ohne Eltern«, sagte Kowalski.

»Das ist lieb von dir«, lobte Meili.

»Aber wir können hier nicht stundenlang rumsitzen, bis es Abend wird«, sagte Flopson. Sie zeigte auf den Kaffeemaschinen-Karton, mit dem sie gekommen waren. »Damit kommen wir zurück zum Putzraum.«

»Was? Nein!«, rief Kowalski ängstlich. »Ich fahre seit 53 Jahren mit dem Putzwagen. Es geht nicht anders.«

»Du warst doch sogar schon hinter dem Mond«, sagte Meili zu ihm. »Da macht dir doch so ein winziges Abenteuer nichts aus, oder?«

»Aber wenn da so ein Karton rumsteht, räumen die Menschen ihn doch einfach weg«, sagte er.

Flopson nickte. »Das haben wir gleich.« An der Seite auf einem Tisch stand ein aufgebautes Schachspiel. Daran klebte ein großer Zettel: BITTE STEHEN LASSEN!

»Die beiden Tierpfleger spielen hier oft Schach«, erklärte Kowalski.

Flopson blickte Meili an. »Kannst du den Zettel holen?«

Mit ihrem Schnabel zog Meili den Zettel ab. Flopson klebte ihn auf den Karton. Fertig!

Nun musste Kowalski wohl oder übel einlenken, denn schließlich war man ein mutiger Raumfahrer.

Flopson ging in die Knie wie ein Pferd, und Kowalski kletterte – ziemlich langsam – auf ihren Rücken. Die Mäusekinder drängten sich an die Gitterstäbe.

»Wir sind bald zurück. Mit euren Eltern!«, rief Flopson. Mit ihrem kleinen Reiter kroch sie unter den Karton.

Die Mäuse jubelten und winkten.

Meili legte sich zur Tarnung einen großen blauen Lappen um die Schultern. Damit sah sie aus, als würde sie einen Winterspaziergang machen. Sie setzte sich oben auf den Karton.

EUCH FÄLLT SCHON WAS EIN

Der Flur war menschenleer. Flopson tapste mit dem Karton zum Fahrstuhl. Meili drückte auf den Knopf.

»Gar nicht übel, wenn man fliegen kann«, murmelte Kowalski. »Ich wohne jetzt seit 53 Jahren hier und habe es nie geschafft, allein mit dem Fahrstuhl zu fahren.«

»Jetzt bin ich ja da«, sagte Meili freundlich.

Kowalski nickte.

Der Fahrstuhl war allerdings nicht leer. Zwei Laborarbeiter in weißen Kitteln stiegen aus. Erstaunt blickte einer auf den Karton.

»Was macht der denn hier?«

»Keine Ahnung. Hat einer vergessen, nehme ich an.«

»Komm, wir werfen ihn weg.«

Flopson hielt die Luft an und war sich sicher, dass

auch die anderen beiden einen ordentlichen Schreck bekommen hatten.

»Kannst du nicht lesen? BITTE STEHEN LASSEN. Steht doch drauf. Außerdem will ich jetzt zur Pause. Hab Hunger.«

»Ja, gut.«

Die beiden gingen weg. Die Fahrstuhltür hatte sich schon geschlossen. Meili drückte wieder auf den Knopf, und der Fahrstuhl öffnete sich. Der Rest vom Rückweg gestaltete sich zum Glück einfach, und sie begegneten niemandem mehr.

Als sie in Kowalskis Putzraum im zweiten Stock ankamen, schnaufte die Schildkröte erleichtert auf. »Endlich zu Hause. Das war mir zu aufregend.«

Meili grinste Flopson zu. Von wegen Mondfahrt! Wenn schon so ein kleiner Ausflug ihn aufregte, war er wohl eher doch kein Raumfahrer.

»Es wird Zeit für anständige Polizeiarbeit«, sagte Flopson. »Zusammen mit unseren Kollegen werden wir eine richtig gute Idee ausbaldowern, wie wir die Mäuse befreien können. Und dann kommen wir zurück und holen sie raus«, erklärte sie der Schildkröte.

An der Wand entdeckte Flopson einen Lageplan, auf dem alle Stockwerke und sogar die einzelnen Räume eingezeichnet waren. Sehr praktisch, wenn man eine Befreiung plante! Flopson machte ein Zeichen, und Meili rupfte den Plan mit ihrem Schnabel ab. Sie rollten ihn zusammen.

Flopson fiel etwas ein. Sie drehte sich zu Kowalski um. »Unter deinem Schrank hebst du doch diesen Zu-gut-Kleber auf. Kannst du uns davon was abgeben?«

»Nein! Damit baue ich meine Rakete zusammen«, sagte Kowalski empört.

»Aber wir könnten ihn bestimmt gut gebrauchen, um die Mäuse zu befreien«, sagte Flopson.

»Das geht nicht! Ich habe nur noch zwei Flaschen.«

Meili sah ihn freundlich an. »Dann kannst du uns ja eine abgeben. Für die Mäusekinder.«

Die Schildkröte murrte zwar, kroch aber unter den Schrank und holte eine Flasche Zu-gut-Kleber hervor. Flopson und Meili bedankten sich sehr.

Die beiden schlüpften auf den Balkon, von dem sie gekommen waren. Meili flatterte in den

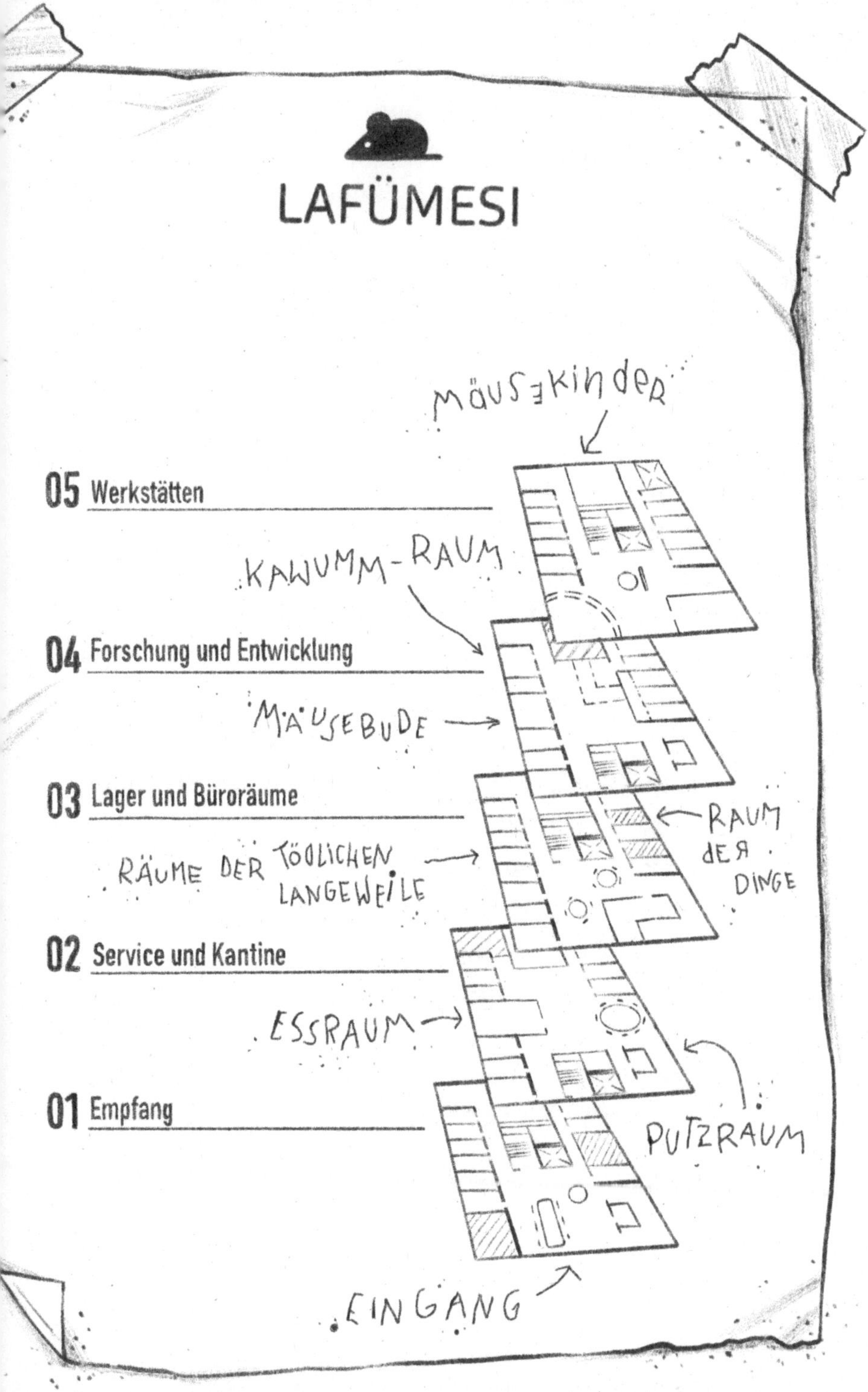
LAFÜMESI
MÄUSEKINDER
05 Werkstätten
KAWUMM-RAUM
04 Forschung und Entwicklung
MÄUSEBUDE
03 Lager und Büroräume
RAUM DER DINGE
RÄUME DER TÖDLICHEN LANGEWEILE
02 Service und Kantine
ESSRAUM
PUTZRAUM
01 Empfang
EINGANG

Baum, und Flopson sprang auf das Geländer. Von dort machte sie einen kräftigen Satz, erwischte das Ende des Astes und hangelte sich hinauf. Sie rannte den Ast entlang, grub ihre Krallen in den Stamm und ließ sich daran hinunter. Endlich wieder in Freiheit!

Hinter dem Zaun warteten bereits Jack, Fridolin und Tuffi auf sie.

Jack schimpfte, denn er hatte sich große Sorgen um seine beiden Kolleginnen gemacht. »Wir dachten, dass sie euch längst eingesperrt haben!«

Fridolin nickte. »Wenn Jack nicht mit euch schimpfen würde, dann würde ich das machen«, sagte er. »Weil wir euch ja lieb haben, und da muss man manchmal schimpfen.«

Während sie nach Hause liefen, berichteten Flopson und Meili, was sie erlebt hatten. Sie erzählten von Kowalski und dem Putzwagen, vom Kawumm-Raum und den Mäusekindern. Na, und dann erzählten sie natürlich, dass die Kleinen ohne ihre Eltern nicht mitkommen wollten.

»Das sind mir ja ein paar freche Gauner«, kicherte Tuffi.

»Kann ich verstehen«, sagte Fridolin. »Ist doch schön, wenn Kinder Eltern haben – also, glaub ich jedenfalls. Ich kenne meine Eltern gar nicht.«

»Ich kann mich noch an meine Mama erinnern«, erzählte Jack.

Auch Meili erinnerte sich noch gut an ihre Eltern, zwei freundliche Blaumeisen.

»Kann man sich auch Eltern aussuchen?«, fragte Fridolin.

»Warum nicht?«, sagte Flopson, die ihre Eltern auch nicht kannte. »Man braucht einfach Leute, die einen lieb haben und sich kümmern.«

Fridolin dachte nach. »Geht auch ein Hamster als Eltern? Dann würde ich Jack nehmen.«

»Ja, kann schon sein, dass das auch geht.« Der Hamster drehte sich schnell um, damit niemand sah, wie sehr er sich darüber freute.

»Ich habe auch keine Eltern. Aber dafür habe ich einen Enkel«, sagte Tuffi stolz.

»Tüffel!«, riefen Meili und Flopson gleichzeitig. »Wir haben ihn getroffen.«

»Mein Tüffelchen!«, rief Tuffi.

»Aber er wollte auch nicht mitkommen. Nur, wenn du ihn abholst.«

»So ein Bengel«, lachte Tuffi. »Na gut, dann hole ich ihn eben ab. Jetzt gleich?«

Meili und Flopson mussten sie daran erinnern, dass das LAFÜMESI ein Sicherheitshaus war. Und dass sie einen richtig guten Plan brauchten, um die Mäuse zu befreien.

»Wir könnten die Mäuse doch mit dem Putzwagen rausholen«, schlug Jack vor. »Immer schön der Reihe nach, Putzwagen für Putzwagen.«

»Das geht leider nicht«, sagte Tuffi. »Wenn mehr als eine Maus zusammen ist, also zwei oder ganz viele, dann quatschen sie. Immer. Sie können nicht leise sein. Wenn sie zusammen im Putzwagen sitzen, hören die Menschen das gleich. Dann finden sie die Mäuse und sperren sie wieder in ihre Käfige.«

»Dann holen wir sie eben einzeln raus«, sagte Fridolin.

Flopson schüttelte den Kopf. »Es sind Hunderte. Das dauert viel zu lange.«

»Na, euch fällt schon was ein. Ihr seid schließlich die Tierpolizei.« Zufrieden streckte sich Tuffi auf dem Ponyrücken aus und schlief einfach ein.

KÖNNEN GEISTER MECKERN?

Drei Tage vergingen. Drei Tage, in denen die Sonne schien und der Regen prasselte. Drei Tage, in denen die Köpfe der vier Tierpolizisten nur so qualmten und pufften vor lauter Nachdenken. Drei Tage, um einen großartigen Plan auszuhecken.

Am vierten Tag kam Fridolin morgens als Erster auf die Hufe. Und das wollte wirklich was heißen, denn er liebte es, zu schlafen. »Es geht los!«, wieherte er durch den Garten. »Endlich geht es los!«

Auch die anderen kletterten aus dem alten Polizeiauto, in dem sich ihre Wohnung und die Polizeiwache befanden. Maus Tuffi stieg aufs Autodach und streckte ihre Arme aus. »Heut ist unser großer Tag!«

»Heute holen wir die Mäuse raus«, sagte Meili und setzte sich neben sie.

Flopson blieb noch einen Moment im Auto sitzen.

Sie war so aufgeregt! Jede Kleinigkeit der Rettungsaktion hatten sie bedacht, ausgetüftelt und überlegt. Sie rollte den Lageplan aus, den sie aus dem Putzraum mitgenommen hatten. Im Kopf ging sie noch mal genau durch, was sie vorhatten. Der Raum, in dem die Mäusekinder lebten, lag in der Etage über dem Kawumm-Raum. Das hatte sie auf eine Idee gebracht ...

Eine kleine Pfote legte sich auf ihre. Es war Jack, der noch im Auto saß. »Das klappt bestimmt nicht«, seufzte er.

»Meinst du wirklich?«, fragte Flopson erschrocken.

»Na ja, es ist sehr gefährlich. Was da alles schiefgehen kann ...«

»So ein Quatsch, du schwarzseherischer Hamster!« Meili kam durchs Fenster geflattert. »Du brauchst dir keine Sorgen zu machen, Flopson. Wir haben den besten Plan der Welt.«

»Sogar den weltbesten Plan der Welt«, sagte Fridolin, der gerade seinen Kopf ins Autofenster hineinsteckte.

Maus Tuffi ließ sich verkehrt herum vom Autodach baumeln. »Heute Abend sind wir alle zusammen, meine Freunde und ich.«

Jack runzelte die Stirn. »Aber nicht hier. Nicht auf meinem Grundstück.«

»Natürlich nicht!«, rief Meili. »Das haben wir doch längst geklärt.«

»Das ist ja mitgeplant im Plan«, sagte Tuffi. »Ihr bringt uns in den Park, zu den Parkmäusen.«

Flopson seufzte. »Ich weiß, dass alles gut geplant ist. Aber ich mach mir trotzdem Sorgen. Es kann so viel schiefgehen«, sagte sie.

Fridolin nickte fröhlich. »Ja, stimmt. Aber wenn alles schiefgeht, dann klappt es am Ende trotzdem.«

Die anderen staunten ihn an. »Ähm, nein?!«, sagte Jack. »Wenn's schiefgeht, geht's schief.«

»Aber das ist doch dann egal, weil dafür was anderes passiert. Nur weil unser Plan nicht klappt, heißt es doch nicht, dass was anderes schlechter ist. Vielleicht ist es sogar besser. Am besten, wir nennen es nicht mehr *schiefgehen*, sondern *andersgehen*. Hey, das wäre toll!«, rief das Pony. »Das klingt super. Unser Plan wird bestimmt andersgehen.« Zufrieden biss er ein paar blühende Gräser ab.

»Irgendwie hast du recht«, sagte Flopson. Sie fühlte sich gleich ein bisschen besser. Vielleicht ging ihr Plan auf eine gute Weise schief.

»Und jetzt los!« Fridolin trabte zum Zaun.

Jack setzte seinen Rucksack auf, in den er einige wichtige Dinge gepackt hatte, unter anderem eine Trillerpfeife. Natürlich hatte er auch den Zu-gut-Kleber dabei, denn den brauchten sie für ihren Plan. Flopson hängte sich ein sehr langes, aufgerolltes Seil um, das sie bei Jack in der Schatzkammer gefunden hatte.

»Und wenn der Geist auftaucht?«, fragte Jack ängstlich.

»Dann kann er mit anpacken und ein bisschen helfen«, sagte Meili.

»Aber vielleicht ist er sauer?«, fragte Fridolin und sah dabei ganz erschrocken aus. »Weil wir ihn beim Spuken stören.«

Jack sprang auf Fridolins Arm, und die beiden klammerten sich aneinander fest. »Können Geister meckern?«

Tuffi lachte. »Geister *können* zwar meckern, aber sie wollen das gar nicht. Sie finden spuken viel besser. Und lustiger.«

Flopson betrachtete

Tuffi und nickte. Jack und Fridolin waren erleichtert. Alle fünf machten sich auf den Weg.

Dieses Mal war es leichter, das Labor zu finden, weil Fridolin ein gutes Gedächtnis hatte, wenn es ums Essen ging. Unterwegs stand ein Apfelbaum, an dem er gerüttelt hatte. Und gleich neben dem Labor gab es ja die Backfabrik. Klar, dass er den Weg noch wusste.

Im Laufen ging Flopson den Plan noch mal durch. »Als Erstes bitten wir die Tauben um Hilfe«, sagte sie und zeigte auf das Seil.

»Bin gespannt, ob sie mitmachen«, zwitscherte Meili.

»Und dann kommen die Frettchen ins Spiel«, stellte Fridolin fest.

»Mhm-hm-m«, murrte Jack, was so viel heißen sollte wie: Dieser Teil des Plans gefällt mir nicht. Die Tierpolizei kannte diese Frettchen nämlich schon.

»Wir brauchen sie«, sagte Flopson. »Niemand kann so schön stänkern wie die beiden.«Sie blickte in die Runde. »Und sobald der Postbote kommt, kann die Befreiungsaktion starten ...«

Meili zeigte auf den Zu-gut-Kleber, der aus Jacks Rucksack lugte. »Dann lege ich mit dem Kleber los.«

»Wird schon schiefgehen«, seufzte Jack.

»Wird schon andersgehen«, sagte Fridolin.

Als sie vor dem Labor ankamen, krochen sie schnurstracks hinter die Mülltonnen der Backfabrik. Die Tauben saßen gerade auf den Tonnen. Als die Vögel sahen, dass die Tierpolizei anrückte, türmten sie einen Berg von harten Brötchen auf.

»Das ist ein Traum von einem Fall. Das ist mein Lieblingsfall!«, rief Fridolin und machte sich über den Berg her. Es krachte und knurpste.

Flopson legte das Seil ab, das sie aus Jacks Schatzkammer mitgebracht hatte. »Hört mal«, sagte sie zu den Tauben. »Würdet ihr uns bei unserem neuen Fall helfen?«

»Yeah! Voll cool!«, riefen die Tauben durcheinander. »Wir dürfen der Tierpolizei helfen.«

Flopson grinste in sich hinein und freute sich riesig. Schließlich hatten die Stadttiere meistens etwas dagegen, zu helfen, und kümmerten sich lieber um sich selbst. Meili erklärte den Tauben genau, was sie mit dem Seil tun sollten. Die großen, klugen Vögel verstanden es sofort. Die fünf Stärksten von ihnen nahmen das Seil und flogen auf die andere Seite des Labors. Die weiteren Tauben folgten ihnen aufgeregt.

»Und macht den Knoten schön fest!«, rief Meili ihnen hinterher.

»Geht klar!«, rief die bräunliche Taube.

Die erste Aufgabe der Tierpolizei bestand darin, ins Labor hineinzugelangen. Das war vor allem für Fridolin schwierig, weil er größer war als die anderen. Deshalb hatten sie sich einen Trick ausgedacht.

Flopson sah sich nervös um. »Wo bleiben die Frettchen?«, fragte sie.

»Die kommen nicht mehr. Die haben das nur versprochen, aber man kann sich einfach nicht auf sie verlassen. Hab ich ja gleich gewusst«, grummelte Jack.

»Sie *müssen* einfach kommen!«, sagte Flopson. »Ohne sie klappt der ganze Plan nicht.«

»Oh weh, da vorn sind ja Frettchen!«, rief Tuffi erschrocken aus.

KLARER ALS KLAR, MANN!

Erleichtert pustete Flopson die Luft aus, die sie vor Sorge angehalten hatte. Denn wirklich: Am Ende der Straße bummelten die beiden Frettchen Rumpel und Raubacke auf sie zu. Offenbar hatten sie es überhaupt nicht eilig, dabei warteten alle auf sie.

»Oh, oh!«, rief Tuffi ängstlich und versteckte sich unter Flopsons buschigem Schwanz. »Bringt euch in Sicherheit! Die wollen uns fressen!«

Die Tierpolizisten sahen sich an. Hatte die kleine Maus den Plan schon wieder vergessen? Herrje! Geduldig erklärte ihr Meili alles noch einmal. Tuffi nickte und sagte, das wisse sie schon längst.

Mittlerweile waren auch die beiden Frettchen herangetrödelt.

»Hallo, Puppe!«, sagte Rumpel zu Flopson. »Alles klar bei dir?«

»Klar«, sagte Flopson. »Und bei euch?«

»Bei uns ist alles klarer als klar, Mann! Glasklar. Klaro klarissimo. Verstehste?« Raubacke lachte.

»Wir sind immerhin die miesesten, fiesesten Typen der Stadt. Bei uns ist immer alles klarer als klar«, erklärte Rumpel.

Na ja, gut, so waren sie eben. Das hatte die Tierpolizei vorher gewusst, schließlich hatten sie die beiden in ihrem allerersten Fall ertappt und sogar eingesperrt. Als Flopson vorgeschlagen hatte, Rumpel und Raubacke um Hilfe bei der Befreiungsaktion zu bitten, waren die anderen auch erst mal dagegen gewesen. Aber Flopson konnte sie überzeugen, denn für ihren Plan brauchten sie genau das: zwei miese, fiese Typen.

Meili war gestern zu ihnen geflogen und hatte sie gefragt, ob sie helfen würden. Die beiden waren eigentlich viel zu mies und fies, um zu helfen, aber hier ging es darum, einen Streich zu spielen. Und dafür waren sie gern zu haben.

Jack passte es nicht, dass Rumpel und Raubacke Teil ihres Plans waren. Er blickte die beiden grimmig an. »Wehe, ihr macht Mätzchen. Dann bekommt ihr es mit mir zu tun. Ist das klar?«

»Klaro klarissimo«, sagte Raubacke.

»Reg dich ab, Hämsterchen. Das wird schon«, sagte Rumpel.

Die beiden grinsten verschlagen. Nein, genau konnte niemand wissen, was sie vorhatten. Flopson hoffte sehr, dass sie sich an den Plan hielten.

»Der Postbote kommt! Alle Mann auf Position!«, rief Meili, die auf einer Laterne gesessen und Wache gehalten hatte.

Auf der anderen Straßenseite fuhr nämlich der Postbote heran. Sein gelbes Fahrrad leuchtete schon von Weitem. Vorn hatte er eine große Tasche am Lenker. Und hinten auf dem Fahrrad hing ein großer gelber Kasten.

»Bereit?«, flüsterte Flopson. Sie blickte die anderen an. Alle nickten. Na ja, fast alle.

»Moment. Erst noch schnell auffuttern.« Fridolin zerknurpste ein Brötchen, und Jack rollte mit den Augen.

Flopson war so aufgeregt! Die große Befreiungsaktion konnte losgehen. »Es ist an der Zeit, ein bisschen Post auszuliefern«, sagte sie.

»Echt jetzt?«, fragte Tuffi. »Ich dachte, wir wollen die Mäuse befreien.«

Wieder erklärte ihr Meili, was sie vorhatten.

»Rumpel? Raubacke? Euer Auftritt!«, sagte Flopson. »Viel Glück!«

»Wird schon schiefgehen«, murrte Jack.

»Oder andersgehen!«, rief Fridolin.

Die Frettchen reckten ihre Fäuste in die Höhe, um zu zeigen, dass sie startklar waren.

»Danke, Jungs!«, rief Flopson.

Die beiden nickten ernst, was für sie sehr ungewöhnlich war. Dann liefen sie los. »Vielleicht sind sie froh, dass sie mal was Gutes tun können«, sagte Meili nachdenklich.

Als der Postbote vor dem Tor stoppte, damit die Pförtnerin ihm öffnen konnte, wieselten die Frettchen auf sein Fahrrad zu. Raubacke schmiss sich in den Sand, genau vors Fahrrad. Rumpel flitzte hinterher und warf sich auf seinen Kumpel. Und schon begannen die beiden eine ordentliche Keilerei.

»Haha, das macht Spaß!«, rief Raubacke.

»Mir auch!«, rief Rumpel. »Jetzt kann ich dir endlich mal so richtig den Hintern versohlen.«

»Was?! Na warte, dafür zieh ich dir eins über den Dez, mein Freund.«

Die beiden lachten und taten so, als würden sie sich fürchterlich bekämpfen. Aber weil sie sich in Tiersprache unterhielten, verstand der Postbote sie natürlich nicht. Er hörte nur, wie sie zischten und fauchten.

»Die könnten zum Film gehen«, stellte Flopson fest. Sie hatte in der Wohnung von Frau Huppenschuh sehr viele Filme gesehen und kannte sich aus. »Sie sind richtig gute Schauspieler.«

»Mh-hm«, murrte Jack, der auf keinen Fall ein gutes Fell an den beiden lassen wollte.

Mittlerweile hatte die Pförtnerin das Tor geöffnet,

aber der Postbote fuhr nicht weiter, weil sich die Frettchen vor seinem Fahrrad im Sand wälzten. Er stieg ab und betrachtete sie. »Oh Mann, das ist ja eine richtige Schlägerei«, stellte er fest.

Die Pförtnerin verließ ihr Häuschen, stellte sich neben ihn, zog ihr Handy heraus und filmte die Frettchen. »Was sind'n das für Tiere?«, fragte sie.

»Keine Ahnung. Streithörnchen?«, schlug der Postbote vor und lachte über seinen Witz. Auch die Pförtnerin lachte. Die Wachleute vom Eingang kamen dazu.

»Witzig, sieht voll aus, als ob die sich echt prügeln würden wie zwei Typen vor der Kneipe«, stellte ein Wachmann fest.

Meili und Flopson nickten sich zu. Der erste Teil vom Plan klappte. Zeit für den nächsten Schritt. Oder besser gesagt – Flug. Jack zog die Flasche mit dem Zu-gut-Kleber aus seinem Rucksack und reichte sie Meili. Die Blaumeise packte sie fest mit ihren beiden Krallen und schwirrte los.

Flopson sah zu, wie sie auf das Pförtnerhäuschen zuflog. Was sie dort tat, wusste die Katzenbärin genau, schließlich hatte sie es sich ausgedacht. Mit einem Kleber, der zu gut klebte, sollte sich doch etwas anfangen lassen! Während sich die Frettchen prügelten und die Pförtnerin abgelenkt war, verteilte Meili den Zu-gut-Kleber über den Knöpfen und Schaltern im Pförtnerhäuschen.

Aber das war nur der halbe Grund für die große Schlägerei der Frettchen. Der andere halbe Grund war das Fahrrad des Postboten. Denn schließlich ließ er es kurz aus den Augen ... Und genau das brauchten sie für ihren Plan.

WAS IST HEUTE FÜR EIN PECHTAG?

Während die Menschen mit den Frettchen beschäftigt waren, sprang Flopson leise auf den Sattel des Postfahrrads. Sie öffnete den hinteren gelben Kasten. Er war so groß, dass sogar Fridolin hineinpasste, wenn er sich klein machte.

Als das Pony im Kasten saß, ging allerdings der Deckel nicht zu. »Mach dich kleiner!«, rief Flopson.

»Geht nicht«, sagte Fridolin. »Mein Bauch ist im Weg.«

»Du hättest nicht so viele Brötchen essen sollen«, schimpfte Jack.

»Die Brötchen haben mit meinem Bauch nichts zu tun!«, behauptete das Pony.

Hastig warfen Flopson und Fridolin die Briefe und Päckchen aus dem Kasten.

»Das ist nicht in Ordnung«, sagte Jack. »Nun kriegen einige Leute ihre Post nicht.«

Flopson beruhigte ihn. »Auf dem Rückweg wird der Postbote sehen, dass die Sachen rausgefallen sind. Und dann sammelt er sie alle ein.«

»Hm-m«, murrte Jack, dann kletterte er zu Fridolin in den Kasten.

Flopson schloss den Deckel über den beiden. Sie und Tuffi krochen vorn in die Tasche. Weil die vordere Tasche ziemlich weich war, beulte sie sich unter ihrem Gewicht aus, aber sie hielt.

»Alles klar, Jungs!«, rief Flopson.

»Na endlich!«, keuchte Rumpel. »So eine Klopperei ist anstrengend.«

»Macht aber Spaß«, sagte Raubacke.

Flopson hörte, wie Rumpel und Raubacke wegflitzten. Der Postbote stieg auf sein Rad und fuhr durch das Tor. Er hatte große Mühe, weil das Rad plötzlich viel schwerer war, und er murmelte verwundert vor sich hin.

Flopson lugte vorn aus der Tasche und suchte den Himmel nach Meili ab. Da kam sie auch schon angeflogen. Sie winkte im Flug, aber weil sie ihre Flügel ja zum Fliegen brauchte, machte sie einen kleinen Schlenker nach unten. Schnell fing sie sich wieder und schwebte über das Fahrrad hinweg.

Alles lief nach Plan.

Der Postbote stoppte vor dem großen grauen Haus,

in dem sich das LAFÜMESI befand. Er stellte sein Rad ab. Schon langte seine Hand zur vorderen Tasche. Uaaa! Flopson schloss die Augen vor Schreck. Wo blieben Rumpel und Raubacke? Wenn der Postbote in die Tasche griff … Endlich pesten die beiden Frettchen heran.

»Wir sind da! Macht euch keine Sorgen, wir haben die Sache voll im Griff«, rief Rumpel.

»Wir sind schließlich die coolsten Typen der ganzen Stadt.«

Flopson konnte im Moment nichts sehen, hörte aber, wie die Frettchen um die Beine des Postboten herumrasten und so taten, als würden sie sich jagen.

»Ihr schon wieder!«, sagte der Postbote. »Kriegt euch mal ein, Männer.«

In der Zwischenzeit hatte die Pförtnerin bemerkt, dass in ihrem Häuschen etwas nicht stimmte. Zugut-Kleber heißt ja nicht umsonst so – er klebt wirklich gut. Meili hatte ihn auf dem Pult verteilt, und jetzt klebten die Knöpfe fest. Das Tor ließ sich nicht mehr schließen. Das Mikrofon konnte man nicht mehr benutzen.

Nebenbei sorgte die Kleberei für herrlich viel Unruhe, und auch das gehörte zum Plan. Aufgeregt rief die Pförtnerin über den Rasen: »Meine Schalter! Meine Knöpfe! Alles kaputt!«

Der Postbote lief neugierig auf sie zu. Außerdem kamen die beiden Wachleute angerannt, die vor dem Eingang des Hauses stehen sollten.

Flopson pfiff. »Die Luft ist rein.« Sie kletterte aus der Tasche und half Jack und Tuffi heraus. Fridolin klemmte allerdings im Kasten fest. Alle drei mussten an ihm ziehen, um ihn zu befreien.

Flopson sah sich um. Die Wachleute waren mit der Pförtnerin beschäftigt. Sie redete und winkte und erklärte, die anderen schüttelten erstaunt die Köpfe. Dann verschwanden alle im Pförtnerhäuschen.

Hastig flitzten die Tiere in die Eingangshalle. Dort versteckten sie sich hinter einer Reihe von weichen, schicken Sesseln in Lila.

»Und, Kinder?« Das war Meili, die gerade auf dem

Kopf von Fridolin landete. »Was ist der nächste Schritt?«, fragte sie wie eine Lehrerin.

»Dreck«, sagte Jack.

Meili nickte zufrieden. »Sehr gut.« Sie sah sich um. Alles war sehr sauber und fein in der Eingangshalle. »Nichts, womit man Dreck machen kann«, stellte sie fest.

»Hier! Hier!«, rief Tuffi. Mauseflink war sie auf den Rand eines Mülleimers geklettert. Flopson folgte ihr und sah hinein. Ja, das würde gehen. Sie kippte den Rest einer Colaflasche aus, bröselte Kekse in die Pfütze und ließ einen halben Burger in die Mitte plumpsen. Fertig.

»Das sollte reichen«, sagte Flopson. Zufrieden kroch sie wieder zu den anderen hinter den Sessel.

Sie mussten gar nicht lange warten, da rannte ein weiterer Wachmann an ihnen vorbei. Im Rennen trat er genau in das Cola-Gemisch. »Och nee! Was ist heute für ein Pechtag?«, rief er, stoppte und

sprach in sein Walkie-Talkie: »Günther? Schick mal die Putzkolonne in die Eingangshalle. Hier hat wer rumgesaut.«

Und wirklich – nach einigen Minuten wurde ein Putzwagen aus dem Fahrstuhl geschoben.

Während der Putzmann wischte und fluchte, deutete Flopson auf den Putzwagen. »Der Zug ist da. Extra für uns. Bitte einsteigen.« Sie lächelte.

Es war nicht gerade leicht, einen Platz für Fridolin zu finden. In die Schubladen passte er nicht, und der Schrank war voll. Also kletterte er in den Mülleimer und ruckelte sich in der schwarzen Mülltüte zurecht. Die anderen verteilten sich in den Schubladen zwischen Putzlappen und Bürsten.

Der Wagen wurde losgeschoben. Als er über die kleine Lücke zwischen Flur und Fahrstuhl polterte, quiekte Jack auf. Erschrocken hielt Flopson die Luft an. Hatte der Putzmann etwas gehört?

»Quietscht wieder, der Wagen«, maulte der Putzmann.

Tja, und dann fuhr der Fahrstuhl an.

»Uah!«, wieherte Fridolin los. »Das ist ja der Hammer!«

»Uah!«, brüllte nun auch der Putzmann, und das war mehr als verständlich, denn bestimmt hatte er nicht damit gerechnet, dass ein Pony in seinem Wagen saß und lustige Geräusche machte. »Was war das? Der Geist?!«, fragte der arme Mann und suchte vorsichtig im Putzwagen herum. Nicht lange, und er würde Fridolin entdecken.

»Meili, tu was!«, flüsterte Flopson.

»Geht klar!« Schon flatterte Meili aus der Schublade und warf dabei einige Dosen heraus. Es klirrte und klapperte.

»Puh!«, machte der Mann. »Nur ein Vogel. Na warte, du Vogel! Dich hab ich gleich.« Er versuchte, Meili einzufangen. Sie flatterte auf seinen Kopf, sodass er nicht an sie herankam. Endlich öffnete sich die Fahrstuhltür.

Meili flog weg. »Wenn ich dich noch mal erwische!«, schimpfte der Mann. Ächzend fuhr er den Wagen durch den langen Flur, dann gelangten sie in den Putzraum.

Der Putzmann stellte den Wagen ab. »Boah, jetzt brauch ich erst mal Pause!«, stöhnte er und ging raus.

Flopson sprang vom Wagen, und Meili flatterte zu ihr. »Kowalski? Wir sind's.«

»Was?« Kowalski kroch unter seinem Schrank hervor. So erstaunt, als würde an Weihnachten der Osterhase vor der Tür stehen, starrte er Flopson und Meili an.

DREI, VIER, HIER SIND WIR!

Einen Moment lang war es ganz ruhig im Putzraum. Die Schildkröte war mit Staunen beschäftigt. »Was macht ihr hier?«, fragte sie dann und blickte auf ihre goldene Armbanduhr. »Und wie seid ihr reingekommen? Der 12-Uhr-Wagen fährt erst um 12. Und es ist 11 Uhr und 32 Minuten.«

»Im Eingang war eine Cola ausgekippt«, sagte Flopson.

Kowalski runzelte die Stirn.

»Deshalb musste gewischt werden«, kicherte Meili. »Aber die Cola ist mit Absicht ausgekippt, weil ...«

»Drei, vier, hier sind wir!«, rief Fridolin plötzlich. Er streckte seinen Kopf rumpelnd aus dem Mülleimer und hängte seine Vorderhufe über den Rand.

»Uah!« Kowalski machte einen Satz, den man einer Schildkröte nicht zutrauen würde, und landete in Flopsons Armen. »Houston, wir haben ein Problem!«, rief er.

»Das ist nur Fridolin, unser Pony fürs Grobe«, erklärte Jack und kletterte zwischen den Putzlappen heraus.

»Noch einer!«, brüllte Kowalski.

Tuffi steckte ihren Kopf aus einer Schublade. »Wir haben einen Plan. Ich weiß ihn zwar nicht mehr, aber er ist toll.«

Kowalski brauchte etwas Zeit, um sich zu beruhigen. »In meinem Leben passiert nie etwas Unerwartetes«, keuchte er. »Alles läuft nach Putzplan. Und jetzt ...«

Er sah ziemlich verwirrt aus, und das tat Flopson leid. »Alles wird gut. Wir erklären dir unseren Plan, und dann weißt du, was als Nächstes kommt.«

»Aber hoffentlich geht alles schief. Auf eine gute Art, weißt du?«, sagte Fridolin.

»Oder auf eine schlechte«, ergänzte Jack.

»Nein, es wird genau nach Plan laufen«, sagte Flopson. Streng blickte sie ihre Kollegen an. »Wir wollen, dass du mitmachst, Kowalski. Wir brauchen dich für unseren Plan.«

Die alte Schildkröte nickte. »Jaja, ich kann mir euren Plan genau vorstellen. Ihr wollt die Mäuse mit dem Putzwagen rausschmuggeln. Immer Stück für Stück. Aber das geht nicht. Mäuse quatschen ganz laut, wenn sie zusammen sind. Und dann hören die Menschen sie, und ...«

Jack winkte ab. »Wissen wir längst. Deshalb haben wir uns was viel Besseres ausgedacht. Niemand wird die Mäuse hören.«

Sie erzählten Kowalski, wie sie es anstellen wollten, dass die erwachsenen Mäuse zu den Mäusekindern gelangten. Und wie sie dann alle zusammen aus dem Labor schmuggeln würden.

»Nee«, sagte Kowalski nur.

Jack runzelte die Stirn und blickte die Schildkröte grimmig an. »Was soll das heißen?«

»Nee heißt Nee. Man kann auch Nein dazu sagen. Oder nö. Aber es bleibt das Gleiche: Ich mache nicht mit.« Stur blickte er in die Runde.

»Ohne dich geht es nicht!«, rief Flopson.

»Und genau das will ich«, sagte Kowalski.

Meili keuchte empört. Sie setzte sich vor die Schildkröte und tippte ihr auf die Nase. »Was – soll – das?«, fragte sie sauer. »Du liebst die Mäusekinder. Warum willst du ihnen nicht helfen?«

»Darum.«

Auch Jack verlor die Geduld. »Wenn hier einer schlechte Laune hat, dann bin ich das! Kapiert? Für schlechte Laune und Rumgemecker bin ich zuständig.« Die anderen drei Tierpolizisten nickten, denn es stimmte ja nun mal. »Und du nimmst dich jetzt gefälligst zusammen!«, sagte der Hamster.

»Aber euer Plan ist viel zu gefährlich! Was da alles passieren kann! Habt ihr darüber mal nachgedacht, hm?«, fragte die Schildkröte.

»Nö«, sagte Fridolin.

»Man könnte auch Nee sagen, oder Nein«, fügte Jack bockig an.

»Und wenn die Menschen euch erwischen?«, fragte Kowalski.

Fridolin schüttelte sich fröhlich. »Keine Sorge, Krötchen. Es wird auf eine gute Weise andersgehen.«

»Ich bin trotzdem dagegen!«, rief Kowalski.

Meili guckte erst sehr nachdenklich und dann sehr schlau. Sie legte einen Flügel auf Kowalskis Panzer. »Ich verstehe dich. Du hast die Mäusekinder lieb. Sie sind deine Familie, stimmt's?«

Er nickte.

»Du kümmerst dich um sie, willst immer für sie da sein. Aber wenn sie weg sind, was dann?«

»Ja, genau!«, rief Kowalski. »Was dann?«

»Dann bist du ganz allein, und davor hast du Angst«, sagte Meili. »Das kenne ich sehr gut. Ich möchte auch nicht allein sein.«

Die Schildkröte nickte. »Ich kümmere mich seit Jahren um die Mäusekinder. Seit Jahrzehnten. Viele Generationen von Mäusekindern habe ich umsorgt und gehegt und ihnen Geschichten erzählt. Und jetzt soll das einfach vorbei sein?«

Fridolin nickte und holte laut Luft, um etwas zu sagen. Flopson winkte mit den Armen, dass er bitte still sein solle. Zum Glück sah er es rechtzeitig.

»Wenn du die Mäuschen wirklich lieb hast, dann musst du ihnen helfen und darfst sie nicht festhalten«, sagte Meili.

»Aber ... aber es war doch immer so«, sagte Kowalski leise. »Und das Tier ist ein Gewohnheitsmensch.«

Flopson dachte an seine Mondgeschichte. Vielleicht hatte er sich die Geschichte nur ausgedacht, um anzugeben. Aber trotzdem – vielleicht konnte diese Geschichte jetzt helfen? »Vor 53 Jahren, da warst du doch das erste Tier hinter dem Mond, stimmt's? Du hast was Besonderes gemacht, das sonst keiner schafft.«

»Stimmt das wirklich?«, fragte Fridolin erstaunt. »Ich dachte, das hat er sich nur ausgedacht.«

Flopson seufzte. So oft konnte einfach niemand winken, wie das Pony im falschen Moment das Falsche sagte.

»Ist mir egal, ob ihr mir glaubt«, sagte Kowalski, dann kroch er in seinen Panzer.

»Na komm«, sagte Meili. »Wir retten die Mäuse. Und dann seid ihr alle bald in Freiheit.«

»Ihr alle?« Nun verschwand die Schildkröte restlos in ihrem Panzer. »Meint ihr damit auch mich?!«, keuchte sie von drinnen.

»Willst du denn nicht mitkommen?«, fragte Jack erstaunt.

»Nein! Ich war seit 53 Jahren nicht mehr draußen«, kam es aus dem Panzer.

»Oha! Dann wird es aber mal Zeit«, bemerkte Fridolin. »Alle paar Jahre sollte man schon vor die Tür gehen. Auch mal ein bisschen an die frische Luft und so. Hufe vertreten. Ist gesund.«

Flopson tippte auf den Panzer. »Wenn du der Erste hinter dem Mond gewesen bist, dann ... na ja ... bist du doch ein richtiger Held, oder?«

»Klar bin ich ein Held!«, rief er. »Weiß nur keiner.«

Meili verstand sofort, was ihre Kollegin vorhatte. »Na also. Und was machen Helden?«, fragte sie. »Helden tun heldenhafte Dinge. Das macht sie so besonders.«

Ziemlich flott schob sich Kowalski wieder aus seinem Panzer. Seine Augen, die eben noch müde gewirkt hatten, glänzten voller Mut und Feuer. »Okay, Leute. Held Kowalski steht parat. Held Kowalski wird jetzt heldenhaft helfen. Aber eins sage ich euch gleich: Wenn euer Plan schiefgeht, dann ...«

»Dann ist das sehr gut«, freute sich Fridolin. »Das finde ich auch.«

Kowalski wollte etwas sagen, doch nun hörten sie Schritte im Flur. »Der 12-Uhr-Zug!«, rief Kowalski. Er holte seine Kletterdeckel hervor, hängte sich den Türklatscher um und kletterte auf den Wagen.

»Pony, du steigst wieder in den Müllsack, die anderen in die Schublade mit den Lappen! Zack, zack, Leute!«

Herrje, nun hatte er wohl das Kommando übernommen.

DIE TRENDFARBE DES SOMMERS

Gerade als alle eingestiegen waren, kam der Putzmann. Polternd schob er den Wagen über den Flur. Flopson spürte, wie von einer Seite Kowalskis harter Panzer drückte und von der anderen Seite Meilis Schnabel. Tuffi saß auf ihrem Kopf. Ja, es war eng.

Die Fahrstuhltür öffnete sich, und der Wagen wurde hineingefahren. Flopson hoffte, dass Fridolin nicht wieder so dumm sein würde, »Uah!« zu rufen. Das tat er auch tatsächlich nicht. Stattdessen rief er: »Huiiii!«

Daraufhin musste Meili wieder aus der Schublade flattern und mit Dosen klappern, um den Putzmann abzulenken.

»Noch 'ne Meise? Ich krieg 'ne Meise! Wie viele Meisen sitzen denn in meinem Wagen? Haben die da ein Nest?«, wunderte sich der arme Mann.

Im dritten Stock scheuchte er Meili aus dem Fahrstuhl und drehte seine übliche Runde, vorbei an den Räumen der tödlichen Langeweile. Als er am Essenraum stoppte, kroch Meili heimlich wieder in die Schublade. »Mit unserem Pony habe ich noch ein Wörtchen zu flöten«, flüsterte sie.

Dann gelangten sie zum Raum der Dinge. Während der Putzmann den Flur wischte, stiegen sie kurz aus. Kowalski griff sich seinen Türklatscher und klatschte damit auf den automatischen Türöffner.

Kaum hatte sich die Tür geöffnet, raste Jack hinein. Der Hamster war so begeistert von den vielen Dingen, dass er wild draufloshamsterte. Er stopfte Handschuhe und Pipetten in seinen Rucksack und dazu noch lauter Dinge, von denen niemand wusste, wozu man sie benutzte. Aber egal – Jack war im Paradies.

»Ich komme wieder. Dann nehme ich noch mehr Dinge mit«, keuchte er.

»Du brauchst das doch alles nicht«, sagte Flopson. Sie kicherte, weil der Hamster so aufgeregt war, dass ihm das Fell abstand.

»Doch, ich brauch das ALLES!« Er griff nach Spritzen und Schläuchen und konnte kaum noch laufen, so vollgepackt waren seine Arme.

Kowalski sammelte ein, was sie für ihren Plan brauchten: kleine Reagenzgläser mit Deckeln und lauter Dinge, denen er selbst Namen gegeben hatte. Das Pulver namens Knistermeister, eine grüne Flüssigkeit, die bei ihm Stinkezeugs hieß, und noch Tüten mit Puffpulver, Weißwolke und Blauem Teufel.

Bevor der Putzwagen eine Etage höher fuhr, ermahnte Meili das Pony sehr deutlich. Keine freudigen Geräusche im Fahrstuhl!

Nach einer längeren Tour gelangten sie in den Kawumm-Raum. Nun konnte es endlich losgehen! Sie warteten, bis der Putzmann in den Flur lief, um mit einer Frau aus einem kleineren Laborraum zu quatschen.

Flopson schob ihren Kopf aus der Schublade und sah sich um. Auf einem Tisch in der Mitte des Raums entdeckte sie einen Käfig, der bei ihrem letzten Besuch noch nicht da gewesen war. Im Käfig saßen fünf Mäuse. Sie hatten gefärbtes Fell und quatschten. Laut!

»Ich finde das Rot ganz schön«, meinte eine kleine Maus mit buschigem rotem Fell, während sie sich selbst betrachtete.

»Rot ist langweilig. Die Trendfarbe des Sommers ist Blau. Hier, guck mal, wie bei mir.« Die blaue Maus drehte sich im Kreis.

»Aber doch nicht bei Fell. Vielleicht bei Nagellack oder Lidschatten. Du siehst aus, als würdest du frieren.«

»Das sagst du nur, weil du wieder Rot abgekriegt hast. Du kriegst immer Rot. Denk mal drüber nach.«

»Ach, und du bekommst wohl immer die modernen Farben?«, meinte die Rote.

»Kann ich ja nix dafür. Is' eben so.«

»Und ich hab mal wieder Weiß abgekriegt. Ganz toll«, sagte eine rundliche Maus.

»Was soll ich denn sagen? Ich hab Lila!«, sagte eine Maus mit großen Augen.

»Uah! Lila! Furchtbar!«, rief die blaue Maus.

»Leute, hört auf, rumzuzanken. Die wirkliche Eleganz sind helle Farben. Blasses Rosa. Trägt jetzt jeder«, meinte eine Maus mit blassrosa Fell.

»Das sieht man doch gar nicht«, fand die Rote.

»Musste eben richtig hinsehen.«

So wäre es wohl noch eine Weile weitergegangen, wenn Blaumeise Meili nicht aus der Schublade geflogen wäre. »Ich bin auch für Blau«, sagte sie. »Mir steht es jedenfalls.«

»Ahh!« Die fünf Mäuse sprangen gemeinsam auf, krallten sich im Flug aneinander und landeten als Knäuel wieder auf dem Boden des Käfigs.

»Wer ist das? Was ist das?«, rief die weiße Maus.

»Der Geist. Das ist der Geist!«, rief die rote Maus.

Bevor sie sich noch mehr ängstigten, stieg Flopson schnell aus dem Wagen. »Wir tun euch nichts«, sagte sie. Aber natürlich hatten auch die erwachsenen Mäuse noch nie andere Tiere als Mäuse gesehen. Sie blieben so lange im Fünferknäuel, bis Kowalski sich vom Wagen fallen ließ. Mithilfe seiner klebrigen Schuhe kletterte er auf den Tisch und hockte sich vor den Käfig.

»Ist ja gut, meine lieben Mäuse! Euer Kowalski ist hier. Euch wird nichts passieren. Das verspreche ich euch.«

»Weltraum-Ehrenwort?«, fragte die blaue Maus.

»Ja, Weltraum-Ehrenwort.«

ICH DENKE DANKE!

Die Mäuse lösten sich aus dem Knäuel, wobei die rote und die blaue Maus ihre Schwänze so verknotet hatten, dass es eine Weile dauerte.

»Das ist die Tierpolizei«, erklärte Kowalski den Mäusen. »Und wir fünf, wir arbeiten zusammen.« Schildkröten können zwar nicht so richtig ihren Rücken straffen, weil sie einen Panzer haben. Aber Flopson kam es trotzdem so vor, als ob Kowalski sich strecken würde. »Eigentlich bin ich auch Tierpolizist. Jedenfalls im Moment.«

Die Maus mit dem blassrosa Fell machte ein sehr angestrengtes Gesicht. Mit ihrem Finger zeigte sie immer wieder reihum auf Flopson, Meili und Kowalski. »Eins und eins und eins ... Ich weiß nicht, aber ... ich glaube, fünf seid ihr gar nicht.«

»Zeig mal«, sagte die lila Maus und begann nun auch, die drei Tiere abzuzählen. »Eins und eins und eins. – Hey, Leute, kann sein, dass sie recht hat.«

»Wir sind ja auch noch da!« Fridolin sprang aus dem Mülleimer, wobei er den Deckel abriss. Jack und Tuffi purzelten aus der Schublade. Natürlich kreischten die Mäuschen wieder, sprangen hoch, verknäuelten sich und fielen zusammen auf den Boden.

Kowalski erklärte ihnen, dass Fridolin und Jack auch zur Tierpolizei gehörten. Es gab eine gewisse Verwirrung, weil sie nun wieder nicht fünf waren, sondern sechs.

»Tuffi? Dich kenne ich gar nicht«, sagte die blaue Maus. Auch die anderen kannten sie nicht. Flopson wunderte sich zwar, aber die Mäuse fanden es ganz normal.

»Wir kennen nicht alle Namen. Sind einfach zu viele Mäuse«, sagte die weiße Maus.

»Ich weiß nicht mal, wie du heißt«, sagte die Rote zu ihr.

»Ich glaub, ich heiße Meggi.«

Gleich ging es wieder durcheinander, weil zwei andere Mäuse auch glaubten, dass sie Meggi hießen.

Kowalski räusperte sich laut. »Jedenfalls – wir Tierpolizisten, wir befreien euch jetzt«, sagte er.

Die Mäuse warfen ihre Arme in die Höhe und jubelten. »Juchu! Yeah! Jippie!«

»Wann denn?«, fragte eine der Mäuse, die vielleicht Meggi hießen.

»Na, jetzt«, sagte Kowalski.

Alle fünf verschränkten die Arme. »Nee, jetzt geht es nicht. Wir machen gerade einen Test mit neuer Farbe. Die braucht man für Stifte«, sagte die Blaue.

»Wir können hier nicht weg. Dann sind die Menschen sauer«, meinte die Weiße.

»Das ist doch egal, was die Menschen dazu sagen«, fand Jack.

Wieder jubelten alle. Aber dann verschränkten sie erneut die Arme. »Und die Mäusekinder? Ohne sie gehen wir nirgends hin.«

»Die Mäusekinder befreien wir natürlich auch«, sagte Jack.

»Weltraum-Ehrenwort?«, fragte die lila Maus.

»Hamster-Ehrenwort«, sagte Jack.

Nun mussten die Mäuse erst mal beraten, ob ein Hamster-Ehrenwort auch zählte. Flopson erklärte ihnen, dass sie nicht viel Zeit hätten, bevor die Mittagspause vorbei war.

Die Mäuse wollten wissen, was es zum Mittag gab, aber nun reichte es Jack. Er öffnete einfach das Schloss des Käfigs. »So, Leute, raus mit euch. Ihr versteckt euch links neben der Tür, die zum Mäuseraum führt. Dort wartet ihr. Leise!«

Die Mäuse nickten – und dann machten sie genau, was Jack gesagt hatte. Sie kletterten aus dem Käfig und versteckten sich links neben der Tür, die zu den anderen Mäusen führte.

»Zeit für ein bisschen Kawumm«, sagte Kowalski. Er grinste. Fridolin hob die Schildkröte auf einen großen Tisch.

Nun sammelte Kowalski allerhand Material zusammen. Nein, um ehrlich zu sein, zeigte er auf verschiedene Dinge. Und die anderen flitzten los und holten, worauf er gezeigt hatte. Erst mal brauchte er die Sachen, die sie aus dem Raum der Dinge mit-

genommen hatten: Reagenzgläser, Tüten mit Puffpulver, Weißwolke und Stinkezeugs. Dann sollten sie von anderen Tischen große und kleine Kolben aus Glas bringen, verschiedene Flüssigkeiten holen, eine Pipette suchen und natürlich den Bunsenbrenner anstellen.

Jack war unzufrieden. »Du kannst wenigstens mal Danke sagen«, fand der Hamster. »Selbst *ich* sage manchmal Danke. Oder?« Er sah die anderen an.

Meili seufzte. Auch Flopson fand den Moment ein wenig ungünstig, um darüber zu sprechen. Jack war immerhin der mürrischste Teddyhamster der Stadt. Aber Fridolin sprach es aus: »Nein, Jack, du sagst nie Danke.«

Jack schnaufte. »Aber ich denke es! Ich denke Danke!«

»Und ich danke Denke«, sagte Fridolin.

»Was soll das heißen? Ich danke Denke?«, fragte Jack sauer.

»Ich danke Denke. Denke – so hieß der Nachbar bei uns im Stall. Bauer Denke. Der war immer nett.«

»Na, danke«, sagte Jack.

Kowalski war voll in seinem Element. Glücklich mischte und braute er Puffpulver und Weißwolke zusammen und gab etwas vom Knistermeister dazu. Im größten Kolben dampfte bereits eine rötliche Flüssigkeit über dem Bunsenbrenner. Er füllte die kleinen Reagenzgläser mit dem Gemisch und stopfte Korken drauf. »Fertig sind die Nebelkerzen!«, rief er.

Als Nächstes kamen die Stinkbomben dran. Dafür wurde das sogenannte Stinkezeugs mit Knistermeister und Hitzeblitz gemischt. Es sah ziemlich wild aus, wie Kowalski hantierte, und Flopson rechnete jeden Moment damit, dass es knallte und puffte. Die fertige grünliche Flüssigkeit goss er in kleine Kolben, die er mit Korken verschloss.

Draußen ertönte das Fahrstuhl-Pling. »Ich liebe Fahrstühle!«, hauchte Fridolin.

Nun waren im Flur mehrere Stimmen von Menschen zu hören.

»Schnell!«, rief Flopson. »Sie sind gleich da.«

Hektisch befehligte Kowalski die Mannschaft. »Jack! Du brauchst deine Trillerpfeife.« Er drückte dem Hamster eine Stinkbombe in die Pfote. »Rechts aufstellen!«

»Bitte!«, sagte Jack. »Du kannst ruhig mal Bitte sagen.«

Kowalski blickte ihn an. »Ich denke Bitte.« Dann reichte er Flopson drei Nebelkerzen und zwei Stinkbomben. Auch Tuffi bekam eine Nebelkerze. »Links aufstellen!«

Fridolin setzte die Schildkröte zu Boden. »Alle Mann aufgepasst!«, rief Kowalski. »Angriff!« Er war bereit. Wild entschlossen. Nun rollte er sich mit einer Raumfahrer-Spezial-Rolle unter den Tisch. Dabei blieb er allerdings am Tischbein hängen und lehnte falsch herum, mit dem Kopf nach unten, am Tischbein.

Jack schnaufte. Er flitzte herüber und half der Schildkröte, sich wieder hinzustellen. »Dieser Fall ist auf jeden Fall der Fall mit den meisten ...«

»Fällen?«, schlug Fridolin vor.

»Nein, der Fall mit den meisten Leuten, die nicht bei der Polizei arbeiten sollten«, sagte der Hamster.

Flopson lachte. Kowalski murmelte, dass seine Raumfahrer-Spezial-Rolle sonst immer klappte und dass der Tisch eben im Weg gewesen war, das würde den besten Raumfahrern passieren.

FAULE EIER!

Endlich war auch Kowalski auf seiner Position unter dem Tisch angekommen. Er nickte den anderen zu, dann zog er den Korken von einem Reagenzglas.

»Nebel Marsch!«, rief er und rollte die Nebelkerze unter einen Tisch.

Auch Flopson und Tuffi zogen die Korken von ihren Reagenzgläsern und warfen sie unter Schränke. Ängstlich hielt sich Flopson die Ohren zu. Aber nichts knallte.

Stattdessen dampfte es. Und wie! Kräftiger weißer Nebel quoll aus den kleinen Reagenzgläsern heraus, verteilte sich im Raum und waberte in den Flur.

Von dort war nun Frau Knucks Kreischen zu hören. Sie tobte herein. »Was ist nun wieder los?! Welcher Idiot hat hier schon wieder alles falsch gemacht? Wenn ich mal eine Minute nicht aufpasse ...«

Es dauerte nicht lange, und der Raum war voller Nebel. Herr Palander, der direkt hinter ihr ins Zimmer stürmte, polterte vor Schreck gegen einen Tisch. »Was ist los?«, rief er.

»Es qualmt, das sehen Sie doch!«, sagte Frau Knuck.

»Das war der Geist. Er hat gespukt.«

»Humbug! Sehen Sie lieber nach den Mäusen nebenan!«

Mit seiner Sicherheitskarte schloss Herr Palander den Raum auf, in dem sich die Mäuse befanden. Das gehörte genau zum Plan, denn kaum war diese Tür geöffnet, flitzten die Tiere hinein: Flopson, Jack und Meili, außerdem Tuffi und die fünf Farb-Mäuse. Fridolin und Kowalski blieben im Kawumm-Raum, um weiterhin für Nebel zu sorgen.

Flopson sah sich um. Drei Wände standen voll mit Regalen. Und die Regale? Standen voll mit Mäusekäfigen! Der Raum roch nach Einstreu und Trockenfutter und war erfüllt von aufgeregtem Gepiepse.

»Wir verstecken uns, bis Palander weg ist!«, rief Flopson den anderen zu.

Aber Tuffi und die fünf Farb-Mäuse hörten nicht auf sie. Sie sprangen auf den Tisch. »Hey, Leute! Wir befreien euch jetzt! Und zusammen holen wir die Mäusekinder raus«, riefen sie laut.

Herr Palander, der neben dem Tisch stand, kam

ganz dicht an sie heran. Er staunte. »Was macht ihr denn hier? Wie seid ihr aus dem Käfig rausgekommen?«

»Geht dich gar nichts an«, sagte die blaue Maus in Tiersprache, die Herr Palander natürlich nicht verstand.

»Was piepst du denn so, hm?«, fragte er.

»Mit dir reden wir nicht, sondern mit den anderen Mäusen. Geh mal aus dem Weg«, sagte Tuffi. Sie wedelte mit ihren Armen.

Herr Palander wunderte sich. »Na, du bist ja aufgeregt. Ich bringe euch wieder zurück, ja?« Er streckte seine Hand aus, aber die Mäuse wichen nach hinten. »Ich weiß, ihr wollt das nicht. Ich will das auch nicht, glaubt mir.«

»Es geht nicht ums Wollen, mein Junge. Wir haben dazu einfach keine Zeit. Wir müssen ausbrechen. Abhauen. Stiften gehen, verstehste? Und jetzt rutsch mal!« Tuffi lief ein paar Schritte nach links, damit sie die vielen Mäuse in ihren Käfigen sehen konnte.

»Leute, alle mal herhören! Wenn Jack mit seiner Pfeife pfeift, rennt ihr zur Tür.«

»Nein!!«, rief Jack. »Wenn ich pfeife, rennt ihr zum *Fenster*.«

»Ach so, ja!«, rief Tuffi. »Jetzt weiß ich wieder. Das Fenster geht gleich auf.« Sie und die fünf Farb-

Mäuse wieselten zu den Käfigen. Sie kletterten daran hoch und erklärten allen Mäusen den Plan.

Herr Palander stand still da, beobachtete die Mäuse und zog ein Gesicht, als ob er gar nichts mehr verstand.

»Stinkbomben-Attacke!«, brüllte Kowalski aus dem Nebenraum.

Flopson nickte Jack zu. Mit einem wilden Blick schleuderte der Hamster den Kolben davon, den er mit beiden Pfoten schleppte. Der Kolben zerbrach, und das Gebräu verteilte sich über dem Fußboden. Es blubberte laut.

Flopson, Jack und Tuffi sahen gespannt zu, wie die grüne Flüssigkeit zu brodeln begann, als würde sie von allein kochen.

Tja – und dann ... »Iiih! Was ... faule Eier!« rief Frau Knuck, die gerade hinter Palander in den Mäuseraum gerannt kam. »Haben Sie Schwefel ausgekippt? Der Gestank ist ja nicht auszuhalten! Öffnen Sie doch mal die Fenster!«

Der junge Forscher zog sein Schlüsselbund heraus und entriegelte die Sicherheitsfenster, um sie aufzureißen. Flopson war bereits dabei, die zweite Stinkbombe fallen zu lassen. Die dritte landete direkt vor den Fenstern. Die Forscher flüchteten vor dem Gestank in den Kawumm-Raum.

»Machen Sie die Tür zu«, rief Frau Knuck.

»Und die Mäuse?«, fragte Palander.

»Die halten den Gestank aus«, sagte Frau Knuck.

Der junge Mann schloss die Tür.

Endlich waren die Tiere allein im Mäuseraum. Und das Fenster stand weit offen. Frau Knuck hatte unrecht – der Gestank war für die Tiere sogar noch schlimmer, weil sie viel feinere Nasen hatten. Aber Stinken gehörte nun mal zum Plan. Flopson kletterte an den Regalen nach oben. Käfig für Käfig öffnete sie die Riegel und klappte die Türen auf. Jack arbeitete die unteren Regalreihen ab, und Meili pickte mit ihrem Schnabel die Riegel der Käfigtüren auf, die sich ganz weit oben befanden. Tuffi und die Farb-Mäuse machten auch mit. Nun konnten die Labormäuse aus den Käfigen entkommen.

Allerdings fehlte noch etwas für ihren Plan. Flopson blickte sich um. Am Fenster baumelte ... »Kein Seil!«, rief sie. »Wo ist das Seil?«

Erschrocken flog Meili zum Fenster und sah hinaus. In diesem Moment wurde draußen vor dem Fenster das Seil herabgelassen. Puh! Es hatte geklappt!

Kurz darauf flatterten die Tauben heran. »War nicht leicht, das Seil oben anzubringen. Vor allem der Knoten war schwierig. Aber wir haben es geschafft«, gurrten sie.

Die Tauben waren nämlich hoch in den Raum geflogen, in dem die Mäusekinder lebten. Sie hatten das kaputte Fenster von außen aufgedrückt. Dann hatten sie das Seil am Fensterrahmen angeknotet und heruntergelassen. Jetzt hing das andere Ende genau vor dem Fenster. Meili lobte die Tauben für ihren großartigen Einsatz, dann flatterten sie los.

Flopson hatte sich überlegt, dass die Mäuse einfach am Seil hochklettern würden. Und dabei ganz prima quatschen könnten, ohne dass die Menschen sie hörten. Voller Freude machte sie sich daran, weitere Käfige zu öffnen.

Die Forscher achteten nicht darauf, was sich im Mäuseraum abspielte. Dabei war das eine ganze Menge! Ja, nirgends im ganzen Haus spielte sich gerade so viel ab wie dort. Nachdem Jack mit seiner Pfeife getrillert hatte, steckten wirklich alle Mäuse ihre Gesichter aus den offenen Käfigtüren.

Tuffi stellte sich aufs Fensterbrett. Die mutige Maus breitete ihre Arme weit aus. »Alle zum Fenster! Schnell, Freunde! Hier rüber!«

Doch niemand wagte sich aus dem Käfig. Und das war auch verständlich, weil sie schließlich noch nie eine Pfote vor die Tür gesetzt hatten.

Tuffi und Flopson, Meili und Jack redeten ihnen gut zu. Zwei Mäuse mit grünen Punkten auf dem Fell wagten sich vor. Sie huschten über den Boden. Auf der anderen Seite vor dem Fenster wartete Flopson. Sie beugte sich runter und hob sie hoch. Vorsichtig setzte sie die beiden neben Tuffi auf dem Fensterbrett ab.

»Und jetzt müsst ihr am Seil hochklettern«, erklärte Tuffi. »Einfach ganz nach oben. Und am Ende vom Seil ist ein Fenster – dort wohnen die Mäusekinder.«

Eine der beiden Mäuse umarmte Flopsons Tatze. »Danke! Unsere Mäusekinder! Ich freue mich so auf sie! Die lieben, kleinen Schätze!«

Die andere Maus zog an ihrem Arm. »Komm, wir müssen los. Wir holen jetzt unsere Kinder ab.« Sie reckten die Pfoten in die Höhe. »Wir befreien unsere Kinder!« Ein Jubeln ging durch den Raum. Überall jauchzten und johlten die erwachsenen Mäuse.

Schon schwangen sich die beiden grün gepunkteten Mäuse auf das Seil. Mit ihren Krallen hielten sie sich fest und kletterten nach oben. Es klappte gut. »Kommt schon, Leute! Ist 'ne tolle Aussicht hier draußen!«, riefen sie.

Eine zarte Maus mit abrasiertem Fell rannte hinterher. »Ich hab die Nase voll von dem Laden hier! Dann ist es eben gefährlich da draußen. Mir doch egal! Mein Fell möchte ich ab jetzt wachsen lassen! Richtig schön lang!« Sie kletterte hinter den beiden grün gepunkteten Mäusen her.

»Na gut, ich mach's. Ich trau mich!« Das war die Maus mit dem roten Fell. »Keine Lust mehr auf Farbe. Ich bin eine Maus, verdammt, kein Tuschkasten!« Flopson setzte die rote Maus aufs Fensterbrett, und sie kletterte am Seil hoch.

Meili flog aus dem Fenster, dann kam sie zurück. »Die ersten Mäuse sind fast oben.«

»Sie sind nicht runtergefallen?«, fragte die blassrosa Maus erstaunt.

»Natürlich nicht!«, sagte Meili. »Ihr seid Mäuse, ihr könnt klettern.«

»Aber wir haben das noch nie gemacht.«

»Dann wird es ja Zeit!«, rief Jack streng. »Und jetzt los! Wir können nicht ewig rumtrödeln.«

Weitere Mäuse trauten sich aus ihren Käfigen. Eine ganze Gruppe rannte auf Flopson zu. Die Katzenbärin hob die kleinen Tiere hoch und setzte sie auf dem Fensterbrett ab. Eine nach der anderen schwangen sich die Mäuse ans Seil.

»Macht voll Laune!«, brüllte eine Maus mit sehr großen Zähnen. »Uha!! Frische Luft. Das ist sooo toll hier draußen! Das müsst ihr sehen!«

Nun kam richtig Bewegung in die ganzen Mäuse. Also, wirklich viel Bewegung. Alle wollten weg von hier, raus aus dem Mäuseraum, auf Nimmerwiedersehen fort von den Tests und den Käfigen.

Eine nach der anderen schwang sich aufs Seil. »Freiheit!«, brüllten sie und »Leben!« und »Aua, das war meine Nase. Pass doch auf, wo du hintrittst, du Trottel«.

Höy!
Juhuu!!

DIE TIERE STECKEN DAHINTER!

Zur Sicherheit blickte Flopson noch mal in die offenen Käfige. Sie waren leer. Alle Mäuse waren am Seil hochgeklettert. Der Gestank hatte sich durch das Fenster verzogen. Einstreu lag auf dem Boden herum, dazwischen die Reste von Kowalskis Stinkbomben, die immer noch leise vor sich hin brodelten. Es sah wüst aus.

»Ich fliege hoch zu den Mäusen«, zwitscherte Meili. »Und passe auf, dass sie keine Dummheiten machen.« Mit diesen Worten schwirrte sie los.

Nebenan im Kawumm-Raum wurde es ruhig. Flopson stellte ihre Ohren auf, denn sie hörte ein Piepen. Die Tür! Sie und Jack schafften es, sich unter einem der Regale zu verstecken. Gerade rechtzeitig, bevor Herr Palander und Frau Knuck hereinkamen. Als sie sahen, dass alle Käfige offen standen, waren sie kurz still.

Dann kreischte Frau Knuck los. »Palander! Was haben Sie getan? Wo sind die Mäuse?« Sie starrte in die Käfige, steckte ihre Arme hinein, wühlte in der Einstreu. »WO – SIND – DIE – MÄUSE?«, schimpfte sie.

»Das weiß ich nicht«, verteidigte sich der junge Mann.

»Doch! Sie wissen es! Sie haben die Mäuse befreit!«

»Ich? Vielleicht ist es der Geist gewesen?«, sagte Palander.

»Den Geist haben sich die dussligen Kollegen nur ausgedacht. Ein Geist in einem Labor! Dümmer geht es nicht.«

»Aber wer soll es sonst gewesen sein?«, fragte Palander.

Frau Knuck piekte ihm einen Finger in die Schulter. »Sie! Natürlich! Sie waren das mit dem Gestank. Sie wollten die Mäuse befreien, weil Sie gegen Tierversuche sind. Sie liegen mir schon die ganze Zeit damit in den Ohren.«

Herr Palander verteidigte sich. »Ich war nebenan, das wissen Sie doch! Ich kann es nicht gewesen sein. Dabei wünschte ich, es wäre so. Ich wünschte, ich hätte den Mut gehabt, die Mäuse zu befreien«, sagte er. »Wer auch immer es gewesen ist, er hat etwas Gutes getan.«

Flopson und Jack nickten sich stolz zu.

Frau Knuck aber blickte ihren Kollegen wütend an. »Das gibt Ärger, das kann ich Ihnen versprechen. Und jetzt los! Suchen Sie die Mäuse. Los, los! Auf die Knie mit Ihnen!«

Herr Palander murrte verärgert, ließ sich aber auf alle viere nieder und krabbelte über den Boden.

Das war nicht gut! Flopson und Jack drückten sich dicht an die Wand unter dem Regal. Ein paar Schritte weiter stand ein Papierkorb. Wenn sie es bis dahin schaffen würden, könnten sie sich dahinter verstecken. Gerade kroch der junge Forscher ein Stück in die andere Richtung. Ein guter Moment, um hinter den Papierkorb zu hechten. Von dort war es nur noch ein Meter bis zur Tür.

»Was ist das? Tiere?!«, brüllte nun Frau Knuck von der anderen Seite. Sie kroch nämlich ebenfalls über den Boden und suchte nach den Mäusen. »Tiere! Hier rennen Tiere rum!«, rief sie.

»Was denn für Tiere?«, fragte Herr Palander und drehte sich um. Schnell verschwanden Flopson und Jack hinter dem Papierkorb.

»Keine Ahnung. Tiere mit Fell. Vier Beine. Ohren.«

»Mäuse?«, schlug Herr Palander vor.

»Quatsch! Mäuse erkenne ich ja wohl. Große Tiere mit viel Fell. Sie verstecken sich vor uns! Los, heben Sie den Mülleimer an, machen Sie schon!«

Herr Palander krabbelte auf den Papierkorb zu. Oh nein! Und nun? Flopson blickte sich um. Die Tür war geschlossen, es gab kein Entkommen.

Schon beugte sich Frau Knuck vor. Sie erwischte Jack an einer Pfote und hielt ihn in die Luft. »Ein Hamster. Guck sich den einer an! Super! Ich hab noch nix für meine Schwiegermutter zum Geburtstag. Den nehm ich mit als Geschenk. Hat nicht mal was gekostet. So macht Schenken Spaß.« Sie wollte Jack in einen der Mäusekäfige sperren.

Flopson lugte unter dem Schrank hervor. Sie musste Jack helfen, aber wie? In diesem Moment ging nebenan im Kawumm-Raum der Alarm los. Rotes Licht blinkte an den Türen, eine Sirene plärrte durch die Lautsprecher.

»Was ist denn jetzt?« Frau Knuck setzte sich zwei ihrer fünf Brillen auf und sah sich um.

Jack nutzte den Moment der Verwirrung und biss

ihr in die Hand. Sie ließ ihn fallen. »Hey, Geschenk, bleib hier!«, rief sie.

»Wir müssen schnell raus«, sagte Palander. »Da ist ein Feueralarm.«

»Das glaub ich alles nicht!«, rief Frau Knuck. »Das waren doch wieder die Tiere. Alles Absicht. Ich sag's Ihnen, Palander. Die Tiere stecken dahinter. Hier geht was Großes vor sich.«

Flopson kicherte, denn die Forscherin hatte recht. Hier ging was Großes vor sich.

Auch Palander musste lachen. »Die Tiere waren das? Und mich finden Sie dumm, wenn ich sage, dass es der Geist war?« Er öffnete die Tür zum Kawumm-Raum. »Jetzt kommen Sie. Raus hier!«

Im Kawumm-Raum, direkt neben der Tür, entdeckte Flopson ein Bein von Fridolin. Er hatte mit seinem Vorderhuf den Kasten eingeschlagen, in dem sich der Knopf vom Feueralarm befand. Dann verschwand das Bein wieder unter einem Schreibtisch.

Die Menschen rannten auf den Flur. Von dort waren Stimmen und Schritte zu hören. Alle eilten zur Treppe. Als die Menschen weg waren, betraten Flopson und Jack den Kawumm-Raum. Fridolin und Kowalski kamen unter dem Tisch hervor.

»Wie siehst du denn aus?«, fragte Jack und betrachtete das Pony.

»Alles Tarnung«, erklärte Fridolin zufrieden.

Er war nämlich in einen weißen Kittel geschlüpft. Die Vorderhufe steckten in den Ärmeln, der Rest hing hinten runter. Auf dem Kopf trug er eine Labormütze. »Ich habe mich als Laborarbeiter verkleidet. So erkennt mich keiner«, sagte Fridolin nicht ohne Stolz. Er stellte sich auf die Hinterbeine und drehte sich eine Runde. »Ideen muss man haben!«

»Ja, genau!«, rief Jack. »Ideen muss man haben. Das ist aber keine Idee. Das ist Nonsens.«

Das Pony sah ihn erstaunt an. »Wieso?«

»Weil du nicht aussiehst wie ein Laborarbeiter,

sondern wie ein Pony, das sich in einem Kittel verheddert hat.«

Fridolin sah an sich hinunter. »Na ja, auch gut«, sagte er dann. »Hat jedenfalls funktioniert. Die Menschen haben mich nicht gesehen.«

»Weil du unter dem Tisch gesessen hast.«

»Oder weil ich den Kittel anhatte, Jack, das wissen wir jetzt nicht«, hielt das Pony dagegen.

Der Hamster gab es auf. »Egal. Jedenfalls kam der Alarm in unserem Plan nicht vor«, nörgelte Jack. »Und jetzt hast du einfach draufgedrückt.«

»Ja, stimmt.« Fridolin nickte. »Ich musste dich schließlich retten.«

Flopson überlegte kurz. »Jack hat recht, das bringt unseren Plan durcheinander. Aber eigentlich ist es ganz praktisch, dann können wir in Ruhe mit dem Fahrstuhl zu den Mäusekindern fahren, weil die Menschen alle aus dem Haus gelaufen sind.«

Das Pony schlug erst die Vorderhufe und dann die Hinterhufe zusammen und machte lustige Luftsprünge. »Der Plan geht anders!«, rief es glücklich. »Endlich geht alles anders.«

Jack meckerte und muffelte. »Ja, toll, Klein-Pferd. Aber jetzt komm.«

WIR MACHEN KAPUTTMACHEN!

Auf dem Flur war es mittlerweile ruhig. Als Erste lugte Flopson aus der Tür. Sie sah, wie die letzten Menschen in den Treppenflur rannten. Dann war es still. Flopson lauschte. »Sie sind weg«, sagte sie. »Kommt!«

Die Tierpolizisten wollten losrennen, aber Kowalski rief: »Stopp! Was habt ihr vergessen?«, fragte er, ganz Ober-Weltraumfahrer.

Fridolin gluckste. »Lustige Frage. Was wir vergessen haben, haben wir doch vergessen. Das ist es ja gerade, dass wir es vergessen haben.«

Die Schildkröte schnaufte. »Ihr habt die Tarnung vergessen!«

Fridolin zeigte auf seinen Kittel. »Ich hab Tarnung«, sagte er.

»Aber wir nicht«, sagte Kowalski.

»Kein Problem«, sagte Fridolin. Er schnappte sich

Schildkröte und Hamster und schob sie in die Taschen seines Kittels. »Besser so?« Aus der Tasche, in der Kowalski saß, kam lautes Schimpfen, das aber niemand verstehen konnte. Flopson versteckte sich unter einem großen Lappen.

Fridolin und Flopson rannten zum Fahrstuhl.

»Uh, unheimlich, so ruhig hier«, fand Fridolin, der sich schnell gruselte. »Und wenn jetzt der Geist kommt?«

»Dann sagen wir Hallo!«, schlug Flopson vor. »Aber ich glaube, der Geist hat gerade zu tun.«

»Kennst du ihn?«, wunderte sich Fridolin.

»Kann sein«, sagte Flopson leichthin. Mehr wollte sie noch nicht verraten.

Als sie im Fahrstuhl standen, sahen Pony und Katzenbärin sich an.

»Und jeeetzt ...«, rief Flopson.

Das Pony stellte sich auf die Hinterbeine und drückte auf den Knopf mit der Nummer fünf. »... fahren wir Fahrstuhl! Uhaaa!«, wieherte es glücklich. Als sie in der fünften Etage ankamen, wollte Fridolin noch ein paar Runden fahren. Aber Kowalski und Jack stauchten ihn aus beiden Kitteltaschen kräftig zusammen.

Auch im fünften Stock waren keine Menschen zu sehen. Die Sache mit dem Feueralarm hatte gut geklappt. Vielleicht hatte das Pony recht, dachte Flopson. Vielleicht war es wirklich gut, wenn etwas schiefging, weil stattdessen etwas noch Besseres passierte.

Sie schlichen auf die Tür zu, hinter der die Mäusekinder lebten. Flopsons Herz klopfte heftig. Jetzt würde sich zeigen, ob ihr Plan aufging. Fridolin drückte den Türschalter mit seinem Huf.

Oh! Es war ganz still. Flopson hatte mit Radau gerechnet, mit fröhlichen Mäusen, die glücklich ihre Freiheit feierten. Aber die Mäuse waren nicht zu sehen. Flopson rannte auf einen Käfig zu. Leer! Der nächste Käfig. Auch leer!

Jack ließ sich aus der Kitteltasche plumpsen. »Meili?«, rief er.

»Kinderchen?«, rief Kowalski, während er aus der anderen Tasche purzelte.

Auf einmal erfüllte großes Gelächter von vielen kleinen Stimmen den Raum. Es wurde gekichert, gerufen und gequietscht. »Wir sind hier!«, riefen die Mäuse.

Erleichtert atmete Flopson aus. Sie sah sich um. »Wo denn?«

Endlich steckte Tuffi ihren Kopf aus der Schublade eines Schreibtischs. »Wir haben uns versteckt. Lustig, ne?«

Nun kamen überall Mäuschen herausgekrabbelt. Aus Schränken und Regalen, aus Käfigen und Schubläden.

»Wir haben unsere Mäusekinder wieder!«, rief Tuffi. »Es hat geklappt! Wir sind frei! Wir sind zusammen!«

»Und wir haben unsere Mamis und Papis zurück. Und Omis und Opis. Und Tanten und Onkels«, rief die kleine Maus mit den Segelohren.

»Ich hab aber keine Mami mehr!«, rief das Mäuschen mit dem braunen Bein. »Ach, ich such mir einfach eine Mami aus.« Sie starrte Meili an. »Ich nehm dich.«

»Ich hab aber nämlich keinen Papi«, rief nun das besonders kleine Mäuschen. Es rannte zu Kowalski und meinte, es würde ihn als Papi nehmen.

Nun wollten noch mehr Mäuschen Meili als Mami haben. Andere wollten Kowalski als Papi. Er lächelte stolz. Und einige wollten Kowalski als Mami und Meili als Papi. Die kleinen Mäuse kletterten auf Meili herum und zerzausten ihre Federn. Und Kowalski sollte seine Mäuschen auf dem Panzer herumtragen.

Oh! Flopson horchte auf. Es war ganz still. Der Feueralarm hatte aufgehört! Nun blieb ihnen nicht mehr viel Zeit. »Wir müssen los«, sagte sie. »Gleich kommen die Menschen zurück..« Sie stieg auf einen Tisch und erklärte den Mäusen, was sie vorhatten. »Ihr klettert jetzt alle zusammen an dem Seil bis ganz nach unten. Das schafft ihr doch, oder?«

Aber die Mäuse hörten gar nicht zu. Weil sie nämlich damit beschäftigt waren, sich alle gegenseitig zu umarmen, zu herzen und zu drücken. Und das war ja auch kein Wunder, nach einem Leben im Käfig.

Und dann kletterte die blaue Maus einfach frech auf Flopsons Kopf. »Alle mal herhören!

Wir machen Stunk! Wir machen jetzt ganz schlimme Sachen!«

Die Mäuse grölten begeistert.

»Ja! Wir machen Kaputtmachen!«, riefen die beiden grün gepunkteten Mäuse.

Die anderen warfen ihre Ärmchen in die Luft und wollten mal so richtig stänkern. »Wir ärgern die Laborleute!«, riefen sie. Schon verteilten sie sich und begannen, in Kabel zu beißen, Papier zu beknabbern und die Füllung aus den Drehstühlen zu rupfen.

»Stopp!«, rief Meili. »Das geht jetzt nicht.«

»Alle Mäuse aufs Seil!«, befahl Jack.

»Nö!«, riefen die Mäuse. »Jetzt machen wir endlich mal, was *wir* wollen!«

»Uns hat keiner mehr was zu sagen. Wir sind freie Mäuse!«, erklärte die rote Maus. Papierfetzen flogen. Die weiße Füllung aus den Drehstühlen schwebte durch die Luft wie Schnee.

Flopson konnte sie verstehen. Auch sie hatte ihre Freiheit genossen, als sie nicht mehr bei Frau Huppenschuh leben musste. Wenn man aus einem Käfig kommt, will man nie wieder tun, was andere einem sagen. Aber jetzt waren die Mäuschen wirklich in Gefahr. »Wenn ihr so weitermacht, seid ihr bald keine freien Mäuse mehr!«, rief Flopson.

Doch die aufgebrachten Tiere hörten gar nicht hin. Sie rupften und knabberten und nagten weiter. Auch Meili und Kowalski bemühten sich, sie zu beruhigen.

Jack rannte hin und her und raufte sich sein Teddyfell. »Das läuft gar nicht mehr nach Plan!«, rief er.

Fridolin machte als Einziger mit. Er knabberte einen Drehstuhl an und rupfte die Füllung heraus. Meili sah ihn streng an, und da erklärte er ihr, er wolle nur helfen beim Kaputtmachen. Dann wären die Mäuse schneller fertig.

Oh! Nun machte der Fahrstuhl Pling. Alle schreckten hoch.

ELEFANTEN HABEN WIR JA NICHT

Kräftige Schritte knallten auf den Boden im Flur. Schon aus der Entfernung konnte Flopson hören, wie eine ganz bestimmte Frauenstimme meckerte.

»Frau Knuck kommt!«, rief Flopson. »Schnell! Alle verstecken! Los, los!«

Meili kümmerte sich um die Mäusekinder. »Ihr hattet euch doch vorhin so schön versteckt. Husch, zurück an eure Plätze!«, zwitscherte sie.

Kowalski half ihr. Zusammen krochen sie mit den Mäuschen unter Schränke und Regale.

Mäuse sind wirklich schnell, und als Frau Knuck um die Ecke bog, waren auch die erwachsenen Mäuse alle verschwunden. Nur die Tierpolizei stand mitten im Raum. Zum Glück hatte Fridolin immer noch den weißen Kittel an. In Windeseile versteckten sich Flopson und Jack darunter, und Fridolin rollte sich über ihnen zusammen. Das Ganze sah aus wie ein Wäschehaufen.

Hinter Frau Knuck betraten Herr Palander und zwei weitere Forscher den Raum. Oder besser gesagt, *berannten* ihn. Frau Knuck stolperte sogar über den Pony-Wäscheberg, stürmte aber einfach hektisch weiter. Direkt auf die Käfige der Mäusekinder zu.

»Weg! Sie sind auch weg! Das kann, kann, kann nicht sein!« Sie eilte aus dem Raum, kam zurück und blickte wieder in die Käfige. »Immer noch!«, rief sie. Also rannte sie noch mal hinaus und blickte zum dritten Mal in die Käfige. »Wer hat meine Mäuse? Palander!«, brüllte sie, obwohl er direkt neben ihr stand.

»Ja?«

»Los! Nachgucken!« Nun musste auch Herr Palander drei Mal in die Käfige sehen, aber natürlich kam dabei nichts Neues heraus. »Leer«, stellte er fest.

»Ich sag's Ihnen, Palander, die haben sich abgesprochen!«, beschwerte sich die Forscherin.

»Die Mäuse?«, fragte er ungläubig.

»Ja, wer denn sonst? Elefanten haben wir ja nicht.«

»Ich kann mir nicht vorstellen, dass die Mäuse sich ...«

»Ruhe jetzt!«, rief sie. Schon rannte sie aus der Tür. Herr Palander und die beiden anderen Forscher folgten ihr.

Erleichtert kam Flopson unter dem Kittel hervor, und auch die ersten Mäuse krochen aus ihren Verstecken. Huch! Plötzlich dampfte Frau Knuck ins Zimmer. Die Tiere verschwanden sofort wieder.

»Na, bitte schön!«, rief die forsche Forscherin. »Dann sind sie eben weg, die Mäuse. Mir doch egal. Wissen Sie was, Palander? Wir kaufen einfach neue. So!«

Er seufzte. »Müssen wir wirklich ... also ... jetzt sind die Mäuse doch einmal weg. Jetzt können wir doch modernere Methoden versuchen. Ohne Tiere. Da gibt es heutzutage ganz tolle ...«

»Quatsch. Wir machen das schon immer so. Außerdem ist alles andere viel zu teuer. Und jetzt los, bestellen Sie neue Mäuse!«

Sie sah ihn an. Seufzend zog er sein Telefon heraus. Doch er wählte nicht. »Nein!«, sagte er. »Das mache ich nicht.«

»Bitte, dann mach ich es eben selbst!« Sie dampfte ab, die beiden anderen Forscher folgten ihr. Palander guckte sich noch kurz verwundert um, dann lief er hinterher.

Flopson kroch unter dem weißen Kittel hervor. Sie schwitzte, weil es zusammen mit dem Pony und dem Hamster ziemlich warm gewesen war. Und weil sie sich furchtbar ärgerte.

»Sie bestellt einfach neue Mäuse?«, rief Meili, die aus einer Schublade lugte und genauso sauer war. Eine Schar von Mäuschen schmiegte sich an sie.

»Dann ist ja alles umsonst!«, rief Flopson. »Dann sind hier morgen neue Mäuse und Mäusekinder eingesperrt.«

»Aber nicht wir!«, sagte die blaue Maus zufrieden. »Wir sind dann längst im Grünen.«

Flopson runzelte die Stirn. »Trotzdem! Es geht nicht, dass wir euch befreien, und dafür müssen andere leiden.«

»Warum nicht?«, wollte die lila Maus wissen. »Also, nur mal so als Frage.«

»Weil es für andere Mäuse genauso schlimm wäre, Spülmittel, Diätpulver oder Wandfarbe zu testen.«

Die lila Maus nickte. »Ja, ach so. Stimmt. Wär blöd.«

»Wir werden die Tierversuche hier beenden. Für immer!«, sagte Flopson entschlossen.

Das wollten die anderen Tierpolizisten auch. Aber niemand hatte eine Idee, wie es gehen sollte.

Flopson wiederum überlegte nicht lange. »Wisst ihr was? Wir fragen den Geist, ob er uns hilft. Bestimmt fällt ihm etwas ein.«

»Aber wir kennen ihn doch nicht!«, rief die blassrosa Maus.

»Doch«, sagte Flopson. Sie blickte sich um und suchte den Raum ab. »Das tun wir. Der Geist ist nämlich hier.«

Daraufhin wurde erst mal kräftig gekreischt, das ist klar. Die Mäuse drängten sich erschrocken aneinander, und Fridolin kuschelte sich furchtsam an Flopson.

Die Katzenbärin hob ein paar ängstliche Mäuse auf ihren Arm und blickte sie an. »Der Geist erschrickt nur die Menschen, stimmt's? Bei euch spukt er nicht.«

Die Mäuse nickten, und jede von ihnen rief mindestens fünf Mal: »Ja, das stimmt!«

»Das liegt daran, dass der Geist auch eine Maus ist.« Jetzt blickte sie zu Tuffi, die gerade in einem Regal saß und zusammen mit Tüffel einen Stapel Papier anknabberte. »Stimmt's, Tuffi?«

Alle sahen zu ihr auf.

»Ja, das kann sein«, sagte Tuffi erschrocken.

Flopson hatte immer wieder überlegt, wer wohl als Geist im Labor herumspukte. Ihr war aufgefallen, dass die anderen Mäuse Tuffi nicht kannten, sie hatte also nicht gleichzeitig mit ihnen im Mäuseraum gelebt. Und auf einem Kittel hatte sie winzige lila Pfotenabdrücke entdeckt. Die konnten nur von einer Maus stammen, die frei im Labor herumlief. Außerdem hatte Tuffi am Anfang lila Pfoten gehabt. Und dann war es ihr klar geworden.

»Ui. Was hat denn Tuffi damit zu tun?«, fragte Fridolin, der mal wieder nicht verstand, was los war.

Aber Jack kapierte es gleich. »Unsere Tuffi ist der Geist?«, rief er aus.

Flopson blickte zu Tuffi. »Willst du es ihnen selbst sagen?«

»Na gut.« Die kleine Maus krabbelte vorn an den Rand des Regals. »Ich bin der Geist.« Sie wartete, bevor sie weitersprach. »Einmal, als mein Käfig kurz offen stand und sie Mundwasser an mir testen wollten, da ... da bin ich ganz schnell weggerannt. Mundwasser finde ich eklig.«

»Aber wieso biste nicht ganz abgehauen? Raus in die Welt?«, fragte die rote Maus. »Wieso biste im Labor geblieben?«

Tuffi knetete ihre winzigen Pfoten und blickte schüchtern nach unten. Offenbar war es ihr peinlich, im Mittelpunkt zu stehen. »Das Labor ist mein Zuhause. Und wo sollte ich hin, so ganz allein? Außerdem war Tüffel ja noch hier.« Sie blickte auf. »Ich wollte irgendwas tun gegen die Laborleute. Aber ich konnte euch nicht befreien, weil ich dafür zu klein bin. Und auch zu ängstlich. Und da habe ich den Laborleuten wenigstens einen Schreck eingejagt.« Sie kicherte, und alle Mäuse kicherten mit.

»Ich hab mich im Essenraum versteckt und überall rumgespukt. Aber dann ...« Sie blickte auf, und ihre Stimme wurde lauter, jedenfalls ein bisschen. »Aber dann habe ich gehört, wie die Laborleute gesagt haben, die Mäusekinder sind jetzt alt genug und dass sie Diätpulver an ihnen testen wollen. Und da musste ich einfach was tun.«

»Bloß, wie hast du es aus dem Labor rausgeschafft?«, fragte Kowalski neugierig.

Wieder kicherte Tuffi. »Ich habe mich in die Kitteltasche von Frau Knuck gesetzt. Da hat sie mich rausgetragen. Aus Versehen.«

Die anderen Mäuse kicherten auch, und Fridolin gluckste.

Aber gleich wurde das kleine Mausegesicht wieder ernst. »Ich hab vor dem Labor gesessen und wusste gar nicht, was ich machen soll. Die Welt war nämlich auf einmal riesig groß!«

Ein einziges, großes Einatmen der Mäuse war zu

hören. Sie waren ganz und gar erschrocken. Und dann – das ist klar – riefen alle durcheinander. Denn natürlich hatten auch sie nicht gewusst, dass die Welt da draußen riesig groß war.

Tuffi erzählte, wie sie allein vor dem Labor gesessen hatte. »Da hab ich so Angst bekommen, und dann hab ich erst mal geweint. Da kam eine Taube, die hat mir von der Tierpolizei erzählt. Und dann hat es noch ein paar Tage gedauert, den Weg zu euch zu finden.«

Tuffi reckte ihre kleine Faust in die Höhe. »Nein, sage ich euch!«, rief sie laut. »Wir lassen es nicht zu, dass hier neue Mäusekinder eingesperrt werden! Wir wehren uns. Und ich weiß auch, wie.«

FLUG-FLIEGER

Flopson nahm Tuffi und setzte sie auf ein Mikroskop, damit alle sie sehen konnten. »Und, wie ist deine Geister-Idee?«

Tuffi grinste schelmisch. Begeistert erklärte sie den anderen, was sie sich ausgedacht hatte. »Das wollte ich die ganze Zeit schon machen! Aber allein geht es nicht«, rief sie.

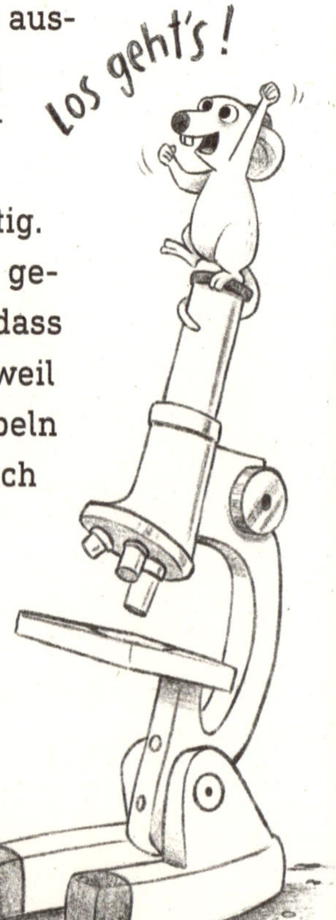

Die Tiere fanden die Idee großartig. Gemeinsam tüftelten sie den Plan genau aus. Fridolin freute sich sehr, dass der alte Plan schiefgegangen war, weil sie jetzt einen neuen Plan ausknobeln konnten. Und weil der bestimmt auch wieder ganz wunderbar schiefgehen würde.

Jack fand es nicht so toll. »Ich will, dass ein Plan einfach klappt!«

»Warum?«, fragte Fridolin.

»Weil ich es liebe, wenn Pläne klappen«, sagte Jack.

Nun meldete sich Meili zu Wort. »Einen Moment! Der Plan ist gut. Aber er ist gefährlich. Viel kann dabei schiefgehen. Wir müssen erst mal die Mäusekinder in Sicherheit bringen.«

Die Tiere nickten. Jack schlug vor, dass die Mäusekinder am Seil runterkletterten. »Und dort bleibt ihr lieb und still sitzen, bis wir kommen.«

»Was? Nein!«, rief Meili. »Das können sie noch nicht. Dafür sind sie viel zu klein.«

»Außerdem haben wir Angst allein«, sagte die besonders kleine Maus.

»Und wir sind nicht stark genug«, sagte eine andere Maus. Sie linste über den Rand eines Tisches – und plumpste zu Boden. Meili fing sie gerade noch auf.

Die Blaumeise flatterte zur Schildkröte, streckte einen Flügel aus und legte ihn auf den harten Panzer, unter dem so ein weiches Herz schlug. »Kowalski?«, fragte sie.

»Ja, Meili?« Er blickte sie an.

»Fliegt deine Rakete wirklich?«

Es war ganz still im Raum. Alle Mäuschen warteten gebannt, was er sagen würde. Ganz langsam nickte er. »Klar fliegt sie wirklich. Ist doch kein Spielzeug.«

»Wir haben eine Rakete?«, rief Fridolin in die besondere Stimmung hinein. »Wusste ich gar nicht. Wo ist sie?« Er sah sich um.

»Klein-Pferd! Sie steht da drüben«, sagte Jack und zeigte in die Ecke, wo zwischen den altmodischen Dingen die Rakete hervorragte.

Langsam krabbelte Kowalski zur Rakete hinüber. Er zog seine rosa Klebedeckel an und kletterte an der Außenwand hoch. »Sie ist noch nicht ganz fertig.«

»Könntest du sie zu Ende bauen?«, fragte Meili.

»Jetzt?«, rief er erschrocken aus.

»Ja, jetzt.«

»Nein! Sie ... ich muss noch daran arbeiten. Ich kann nicht einfach losfliegen.«

»Was fehlt denn noch?«

»Sie ist eben noch nicht fertig«, sagte Kowalski.

»Aber du arbeitest doch schon seit vielen, vielen Jahren daran«, sagte die Blaumeise freundlich. »Es wäre doch mal an der Zeit, sie zu starten.«

Nun sagte die Schildkröte nichts mehr, sondern kletterte in die Rakete hinein und schloss das Fenster. Aber so schnell gab Meili nicht auf. Sie öffnete das Fenster wieder.

»Lieber Kowalski, würdest du mit deiner Rakete bitte die Mäusekinder in Sicherheit bringen?«, fragte sie.

Oh! Nun war es sehr still. Die Schildkröte kroch wieder aus der Rakete. Alle Mäuse und auch die Tierpolizisten warteten gespannt auf die Antwort.

»Die Mäusekinder retten? Mit meiner Rakete?«, fragte er. »Aber ich will damit ins Weltall fliegen.«

Jack krabbelte auf die Rakete und legte Kowalski eine Pfote auf den Panzer. »Bis ins Weltall kommst du doch damit nicht«, sagte der Hamster. »Und das weißt du ganz genau, weil du ein Raumfahrer bist.«

»Ja, ich weiß«, sagte Kowalski nun. Er blickte sich im Raum um, dann nickte er.

»Es wäre mir eine Ehre, die Mäusekinder zu retten«, sagte er ernst.

Der Raum war erfüllt von Jubel. Und dazu muss man sich vorstellen, dass es nicht einfach irgendein normaler Jubel war, sondern Mäusejubel. Und der ist bekanntlich besonders heiter und wild. Die Mäuschen klatschten und sangen, sie johlten und riefen, sie sprangen und tanzten.

»Unser Kowalski ist der größte Raumfahrer aller Zeiten!«, riefen sie. »Er wird die Kinder retten!«

Während die Mäuschen sich freuten, machten sich die Tierpolizisten an die Arbeit. Sie halfen Kowalski bei den Vorbereitungen. Wie Meili schon vermutet hatte, war die Rakete komplett fertig. Kowalski hatte alles, was er für den Start brauchte. Für den Antrieb hatte er sehr viel schwarzes Pulver gesammelt, das er Krachbumm nannte. Er füllte das Krachbumm am Ende der Rakete in die Blechdosen. Aus einer Schublade holte er ein Feuerzeug. Und natürlich hatte er sich aus einem Ball einen kleinen Helm gebastelt, den er jetzt aufsetzte.

»Ein Problem gibt es noch«, sagte Kowalski. »Ich muss irgendwo landen, aber möglichst weich, damit sich keiner verletzt. Eine extra Kapsel gibt es nämlich nicht.«

»Das ist leicht«, meinte Fridolin. »Flieg einfach in

eine Mülltonne hinter der Backfabrik. Dann landest du mit der Spitze in den Brötchen.«

Diese Idee fanden alle gut. Das Pony hob die Rakete an und legte sie aufs Fensterbrett, mit der Spitze in Richtung Freiheit. Meili flog zu den Tauben und sagte ihnen, dass sie im Moment lieber nicht auf den Mülltonnen sitzen sollten.

Als die Rakete startklar war, setzte sich Kowalski in den Sitz hinter dem Fenster und schnallte sich an. »Alles einsteigen!«, rief er.

So flink, wie nur Mäusekinder sein können, wieselten und wuselten sie durch das Fenster in die Rakete und verteilten sich im hinteren Teil. Es ging sehr schnell, und schon saßen alle. Na ja, *saßen* stimmt nicht ganz. Sie hockten kreuz und knieten quer und lagen übereinander.

»Seid ihr bereit?«, fragte Raumfahrer Kowalski.

Grölen war die Antwort.

»Alle anschnallen! Wir fliegen jetzt hinter den Mond und zurück und umrunden einmal die Erde«, sagte Kowalski.

Meili zog seinen Helm fest und überprüfte den Sicherheitsgurt. »Der Zaun!«, sagte sie nachdrücklich. »Es ist wichtig, dass du es über den Zaun schaffst! Dahinter seid ihr in Sicherheit.«

Kowalski grinste frech. »Wer schon mal hinter

dem Mond war, wird es ja wohl über diesen kleinen Zaun schaffen.« Er drehte sich um und sah zu den vielen zappeligen Mäusekindern. »Oder, Leute?«

Die Mäuschen riefen und klatschten. »Los-flie-gen! Los-flie-gen!«, riefen sie im Chor.

Alle wünschten Kowalski einen guten Flug. Jack klopfte ihm freundschaftlich auf die Schulter. »Gute Sache, dass du die Kinder in Sicherheit bringst. Gute Aktion.«

»Von allen Tieren, die nicht fliegen können, bist du der beste Flieger! Weil du einen Flug fliegst! Hoch lebe unser Flug-Flieger!«, rief Fridolin.

Meili umarmte Kowalski. »Viel Glück«, sagte sie.

Er wurde ein bisschen rot. Dann blickte er auf seine Uhr. »Der Zug kommt heute wohl nicht mehr pünktlich. Wegen des Feueralarms.«

»Das macht nichts«, sagte Meili freundlich.

»Das ist ein kleiner Schritt für eine Schildkröte, aber ein riesiger Sprung für die Tiere«, sagte Kowalski, dann gab er Flopson ein Zeichen.

Flopson, Jack und Meili zündeten genau gleichzeitig die drei Zündschnüre an, die hinten aus den Blechdosen hingen. Langsam zischelten die drei Feuer auf die Dosen zu.

Kowalski bestand darauf, dass Meili einen Countdown zählte. Rückwärts von zehn. Bei null startete die Rakete. »Das machen wir Raumfahrer so«, sagte er.

»Na dann«, sagte Meili. »Zehn! Neun! Acht!«

Fridolin fiel ein: »Sieben! Sechs! Fünf!«, rief er.

Nun zählten alle laut mit:

»Vier! Drei! Zwei!
Eins! NULL!!!«

Pünktlich bei null zog Kowalski einen Steuerknüppel nach unten und drückte auf einen Knopf. Es puffte und qualmte und knatterte. Und dann zischte die Rakete wirklich los. Alle Tiere klatschten kräftig.

Kowalski lachte laut. Und wenn Schildkröten laut lachen, klingt das so lustig, dass alle anderen Tiere mitlachen müssen. So war es auch – alle lachten. Fridolin natürlich am lautesten, und die Mäuse gluckssten und kicherten wild.

Kowalski lenkte nach links. Der Baum kam bedrohlich näher, und Meili kreischte auf. Aber Kowalski zog nach oben und steuerte die Rakete knapp am Baum vorbei.

Alle atmeten erleichtert aus. Es dauerte gar nicht lange – denn Raketen sind ja sehr schnell –, da sahen sie auch schon, wie die Rakete mit der Spitze genau in einer der Mülltonnen landete. Brötchen stoben auseinander.

Wieder brach wilder Jubel aus.

DIE RÄUME DER TÖDLICHEN LANGEWEILE

Flopson lauschte an der Tür. Der Fahrstuhl hielt, dann waren Schritte zu hören. »Die Menschen kommen zurück!«, rief sie. »Alle auf Position!«

Es dauerte nicht lange, da wurde die Tür geöffnet, und der Putzmann kam herein. Erschrocken betrachtete er das Chaos, das die Mäuse angerichtet hatten. Er schob den Putzwagen hinein und versuchte aufzuräumen. Weil er wieder Kopfhörer trug, bekam er nicht mit, was hinter ihm passierte.

Fridolin weigerte sich, noch mal in die Mülltonne zu klettern, weil es so entsetzlich schwer war, wieder herauszukommen. Daher nahm er einen Eimer, setzte sich an dessen Platz und stülpte ihn über seinen Kopf. »Fertig ist das Tarnmobil!«, rief er glücklich.

Jack und die Mäuse verteilten sich in den Schubläden. Es gab ein ziemliches Gedränge, weil es so viele Mäuse waren. »Wir sind bereit!«, rief Tuffi endlich.

Und Flopson? Sie schob den Wagen. Wenn jemand kam, huschte sie schnell zwischen die Putzlappen.

Meili übernahm es, voranzufliegen und die Lage auszuspähen. Die Tür stand offen, und sie flatterte durch den Flur. »Die Luft ist rein!«

Flopson setzte den Putzwagen in Bewegung. Kaum hatte sie den Flur betreten, da zwitscherte Meili »Stopp!«. Gerade kam ein Mann aus dem Fahrstuhl. Die Mäuse in den Schubladen quatschten laut, und Meili musste sie streng ermahnen. Leider half das nichts, und sie redeten einfach weiter.

Flopson entdeckte ein kleines rotes Radio, das obendrauf zwischen den Putzmitteln stand. Sie rief Meili etwas zu, und die Blaumeise stellte das Radio an. Der Mann lief an ihnen vorbei und blickte verwundert auf den einsamen Putzwagen, auf dem ein Radio dudelte. Aber dann ging er weiter. Flopson rollte den Wagen voran.

Ohne eine weitere Störung gelangten sie zum Fahrstuhl. Als sie dort ankamen, stiegen gerade zwei junge Frauen in Kitteln und mit Laborhauben aus. »Was macht denn der Putzwagen hier?«, wunderte sich die eine.

»Hier geht's drunter und drüber zurzeit«, sagte die andere.

Die beiden gingen weiter, aber da war der Fahrstuhl schon weggefahren. Meili musste noch mal auf den Knopf drücken. Dieses Mal hatten sie Glück. Der Fahrstuhl war leer, und sie konnten einsteigen.

Doch in diesem Moment stiegen die beiden jungen Frauen mit den Kitteln und den Laborhauben wieder in den Fahrstuhl. Die Tierpolizei verstummte – die Mäuse nicht. Sie quatschten weiter. Zum Glück lief das Radio.

Eine der Frauen runzelte die Stirn und betrachtete den Putzwagen, der plötzlich *im* Fahrstuhl stand. »Der stand doch gerade noch im Flur.«

»Echt jetzt?«, fragte die andere.

»Echt jetzt.«

»Kann ja nicht sein.«

Die junge Frau senkte die Stimme. »Hier spukt es wieder.« Sie rückte näher an ihre Kollegin heran.

Die andere wollte es trotzdem nicht glauben. »Wir rollen das Ding einfach aus dem Fahrstuhl, und gut ist«, fand sie.

Tuffi kratzte mit ihren Krallen von innen an einer Schublade, was ein ziemlich fieses Geräusch ergab. Eine paar andere Mäuse machten es nach.

Die beiden Frauen kreischten auf, griffen sich an den Händen und rannten raus.

»Hach, ich bin soo gerne Geist«, seufzte Tuffi, als der Fahrstuhl losgefahren war.

Sie stoppten im dritten Stock, fuhren zum Raum der Dinge und nahmen dort einiges mit, was sie für ihren neuen Plan brauchten: Haarfarbe, Stifte, Duftmittel, Rasierschaum und noch mehr.

Als sie wieder im Fahrstuhl standen, wurde ihnen klar, dass sie gar nicht wussten, wo das Büro von dieser Frau Knuck überhaupt war – und genau dort wollten sie hin. Flopson und Meili überlegten. Sie waren mit Kowalski und seinem Putzwagen-Zug schon mal alle Etagen abgefahren. »Die Räume der tödlichen Langeweile!«, rief Meili.

»Stimmt!«, sagte Flopson. »Damit meinte er die Büros.«

Sie rollte den Wagen durch den Flur. Die »Räume der tödlichen Langeweile« waren gut beschriftet, und die Katzenbärin las den anderen vor, was auf den Schildern stand.

An der fünften Tür links stoppte sie und las vor: »KORINNA KNUCK, LABORCHEFIN.«

Flopson sprang auf den Putzwagen, legte ihr Ohr an die Tür und lauschte. »Pst!«, schimpfte sie in Richtung Mäuse, denn die schafften es nicht, leise zu sein. Deshalb hörten sie nicht mal das »Pst!« und »Scht!« und das »Ruhe jetzt!« auch nicht. Also drückte Flopson ihr Ohr fester an die Tür. Von drin-

nen vernahm sie eine aufgeregte Stimme. Frau Knuck schien zu telefonieren.

»Seid ihr bereit für euren großen Auftritt?«, fragte Flopson.

»Ja!«, riefen einige Mäuse.

»Nein!«, riefen andere Mäuse. Sie hatten den Plan nämlich schon wieder vergessen.

Gerade wollte Flopson den Plan noch mal erklären, da öffnete sich die Tür des Büros. Herr Palander kam heraus. Meili nutzte den Moment und warf einen Blick hinein. Als der junge Mann in einem anderen Raum verschwunden war, rief die Blaumeise: »Frau Knuck steht am Fenster und telefoniert. Jetzt oder nie!«

»Viel Glück«, sagte Jack. »Wird schon schiefgehen.«

»Wird schon andersgehen«, gluckste Fridolin unter dem Wischeimer.

Flopson drückte die Klinke. Zusammen mit den Mäuschen huschte sie in den Raum hinein und versteckte sich hinter einem Sessel. Von dort aus passte sie auf, dass den Mäusen nichts passierte.

DIE ARMEN MÄUSE!

Frau Knuck stand vor dem Fenster und blickte hinaus. Sie meckerte in den Hörer. »Das ist mir alles egal! Ich will, dass Sie mir bis morgen neue Mäuse liefern. Und zwar viele! Und billig!«

Als sie sich umdrehte, starrte sie die offene Tür an. »Was ... Also, Palander mal wieder!« Sie schimpfte in den Flur. »Palander?!« Doch der war nicht zu sehen.

Sie schloss die Tür und setzte sich. Nun konnte es losgehen. Schon wanderten die ersten Dinge über ihren Schreibtisch. Zwei Bücher, ein Bilderrahmen, eine Kaffeetasse – scheinbar von Geisterhand bewegt. Frau Knuck kreischte und ließ das Telefon los. Die Wahrheit – von Mäusen bewegt – klang nicht gerade gruselig, aber das wusste Frau Knuck ja nicht.

Sie setzte der Reihe nach ihre fünf Brillen auf und starrte die Dinge an, die herumliefen. Sie rieb sich das Gesicht und blickte wieder hin. Gerade machte ihre Kaffeetasse ein paar hübsche Drehungen. Die Forscherin ging ganz dicht an die Tasse heran. In diesem Moment kletterten drei Mäuse hinter dem Computer hervor. Sie verbeugten sich und machten dann ein paar kleine Sprünge, als wären sie beim Ballett. Weitere Mäuschen kamen dazu und tanzten ... auf dem Computer, auf den Ordnern, auf dem Tisch.

Die ersten Mäuschen krabbelten an den Armen der armen Frau hoch. Still und starr vor Schreck ließ sie sich in die Lehne fallen.

Und dann – ja! Dann krabbelte eine Maus auf ihre Nase. Das war natürlich Tuffi, die es sich nicht nehmen ließ, diesen Tanz aufzuführen. »Leute! Guckt mal!! Ich tanze ihr auf der Nase herum!«, brüllte sie in Tiersprache.

»Ich glaub, ich spinne!«, sagte Frau Knuck. »Es ist vorbei mit mir. Ich habe einen Vogel.«

»Nee, eine Maus!«, rief Tuffi, die nun ziemlich übermütig wurde.

Die ersten Mäuse rückten mit Farben an und färbten Frau Knuck die Haare. Die nächsten kamen, bemalten ihre Hände und lackierten ihre Nägel. Weitere Mäuse besprühten sie mit Spülmittel und Rasierschaum. Die rote und die blaue Maus verzierten das Gesicht von Frau Knuck mit blauer und roter Farbe.

Drei Mäuse trugen eine Schere heran und schnitten ihr Haarsträhnen ab.

»Ich träume das nur«, sagte die Frau. »Ich träume von Mäusen.«

Die beiden grün gepunkteten Mäuse malten ihr grüne Flecken auf die Arme.

Nun endlich kam wieder Leben in Frau Knuck. »Hört auf! Hört endlich auf damit. Was fällt euch ein, mich einfach anzumalen? Wer hat euch das erlaubt? Was soll das? Das Spülmittel brennt mir in den Augen! Und Nagellack – dieses Blau ist schrecklich! Ich will keine grünen Punkte auf den Armen! Und meine schönen Haare! Aufhören! Schluss!«

Aber Tuffi und Tüffel schleppten gerade eine Sprayflasche an und besprühten Frau Knuck mit Duftmittel. »Das stinkt ja entsetzlich! Ich muss davon husten. Aufhören. Ich will das nicht! Palander!!!«, brüllte sie.

Jetzt wurden Schritte im Flur laut. Tuffi pfiff. So schnell, wie kleine Mäuse eben sind, verschwanden alle unter einem Regal neben der Tür.

Der junge Palander kam ins Zimmer gestürmt. Diesen Moment, als die Tür offen stand, nutzten die Mäuse, um aus dem Büro zu schlüpfen. Nur Flopson und Tuffi blieben noch da und warteten hinter dem Sessel.

»Was ist denn los? Was ist passiert? Brennt es schon wieder? Sind Sie ...« Palander stockte mitten im Satz und starrte seine Chefin an. »Sind Sie ... geschminkt?« Er ging dicht an sie heran. »Das sieht ... also, ganz ehrlich, das ist ein bisschen viel Farbe. Und der Geruch ...« Er riss das Fenster auf.

»Das waren die Mäuse«, sagte Frau Knuck. »Die Mäuse haben mich so zugerichtet.«

»Ach? Ach was?! Wie lustig«, sagte Herr Palander lachend, der natürlich dachte, dass seine Chefin einen Witz machte.

»Das ist mein Ernst!«, meckerte sie. »Sie sind hier überall auf dem Tisch herumgekrochen. Sie sind mir auf der Nase herumgetanzt, und ... und ... sie sind gerade hinter Ihnen aus der Tür gehuscht.«

»Tatsächlich?«, fragte Herr Palander, und Flopson hörte an seinem Ton, dass er seiner Chefin nicht glaubte. Er warf einen kurzen Blick in den Flur. »Da sind keine Mäuse.«

Frau Knuck rannte hinterher. Nur um auch festzustellen, dass im Flur keine Mäuse zu sehen waren. Dort stand nur ein Putzwagen, auf dem Radiomusik dudelte. Tuffi, die neben Flopson hinter dem Sessel kauerte, hielt ihren winzigen Daumen hoch.

»Sie müssen mir das glauben, hier waren Mäuse!«, sagte Frau Knuck.

Herr Palander nickte höflich.

»Und sie ... sie haben mich mit Absicht angemalt ... Also, ich bin doch keine Labormaus! An der man Farbe testen kann!«, rief Frau Knuck.

»Ja. Also nein, Sie sind keine Labormaus«, sagte Herr Palander. »Allerdings sind die Mäuse auch keine Labormäuse. Sie sind einfach nur kleine Mäuse, die nicht in ein Labor gehören.«

Tuffi nickte, denn schließlich hatte er wahre Worte gesprochen.

Frau Knuck schüttelte sich. »Ich habe mich ganz schlimm gefühlt. Grauenhaft! Das ist so ein blödes Gefühl, wenn einem einfach jemand das Gesicht anmalt. Obwohl man das gar nicht will ...« Sie stockte und sprach leiser weiter. »Wirklich ganz fürchterlich ... unerträglich ...« Sie blickte Palander an. »Und das müssen die Mäuse jeden Tag über sich ergehen lassen? Oh! Oh nein! Die armen Mäuse!«

Und weil Frau Knuck eine Frau war, die schnelle Entscheidungen traf, stand sie auf und haute auf den Tisch. »Schluss damit! Palander, das muss aufhören. Wir testen hier keine Mäuse mehr! Es geht schließlich auch anders. Da gibt es viel modernere Methoden. Ist ja furchtbar, diese Testerei an den armen Tieren.«

Der freundliche Herr Palander sah ein wenig irritiert aus. »Ja, das ... also, ich sage das ja auch schon immer.«

»Na und?«, sagte Frau Knuck.

»Also ... ich finde es großartig!« Er klatschte in die Hände und lachte. Bestimmt freute er sich genauso wie die Mäuse.

Die Forscherin nahm den Hörer zur – bunten – Hand und wählte. »Ja, hallo? Hier ist das LAFÜMESI. Wir brauchen Ihre Mäuse nicht, wir sind ein modernes Labor!«, meckerte sie hinein, dann legte sie auf. »Und jetzt sagen wir allen Bescheid!

Kommen Sie, Palander, ich halte eine großartige Rede!«, rief sie.

»Wollen Sie sich vorher noch die Farbe aus dem Gesicht waschen?«, fragte der junge Forscher höflich.

»Keine Zeit«, sagte Frau Knuck, dann wehte sie mit ihrem Kittel aus dem Raum.

Als das Zimmer leer war, rannte Flopson noch mal kurz zum Schreibtisch. Von dort aus sprang sie auf ein Regal. Denn an der Wand, zwischen weiteren Bildern, hatte sie eine Fotografie entdeckt. Und was darauf zu sehen war – ja, das fand sie wirklich interessant. Sie streckte sich nach dem Foto und angelte es vom Haken. Dann lief sie mit Tuffi in den Flur.

RAUS DIE MAUS!

Der Rückweg zur Eingangshalle ging schnell. Die Menschen strömten nach dem falschen Feueralarm wieder ins Labor zurück. Niemand wunderte sich in dem ganzen Durcheinander über einen einsamen Putzwagen.

Den Tieren war nach Feiern zumute, aber sie hatten noch eine letzte Aufgabe zu erledigen. Flopson stellte den Putzwagen in der Eingangshalle ab und blickte hinaus. Die Pförtnerin und die Wachleute machten sich immer noch am Pförtnerhäuschen zu schaffen, um die verklebte Anlage zu reparieren.

»Ihr könnt jetzt rauskommen«, flüsterte Flopson.

Tuffi kletterte aus der Schublade und sah, dass das Tor noch geöffnet war. »Jack, der Plan klappt!«, rief sie. »Der letzte Teil vom Plan klappt. So ein toller Plan.«

Jack kroch aus einer anderen Schublade und

freute sich. »Ich sag's euch, nichts geht über einen guten Plan!«

Nun kamen auch die ganzen Mäuse heraus und rannten wild in der Eingangshalle herum. Sie wollten feiern, weil sie endlich frei waren.

»Halt! Hiergeblieben!«, rief Meili und versuchte, die Mäuschen einzufangen.

»Moment noch, Leute!«, rief Flopson. »Alle fertig machen für das allerletzte Stück von unserem Plan.«

Fridolin schälte sich unter dem Wischeimer hervor, und Jack setzte sich auf seinen Rücken. Flopson kletterte ganz nach vorn, auf den Nacken des Ponys. Dann warf sie sich einen weißen Kittel über den Kopf und steckte ihre Arme in die beiden Ärmel. Die Knöpfe verschloss sie vor Fridolins Schnauze.

Zufrieden kletterte Tuffi auf Flopsons Kopf, und Jack reichte ihr die letzte Nebelkerze. »Der Geist ist startklar!«, rief sie.

Fridolin hoppelte wild aus der Eingangshalle. Die Mäuschen folgten ihm und huschten dicht dahinter über den Boden.

Nun gab es Gemecker unter dem Tuch. »Klein-Pferd! Was soll das Gehüpfe? Du bist ein Geist!«, schimpfte Jack.

»Oh, ach so!« Fridolin gab zu den Hopsern jetzt auch noch seltsame Rufe von sich. »Huuu!« und »Buuaaah!« rief er.

»Lass die Hüpferei!«, meckerte Jack.

Flopson lachte. »Ich glaube, Geister laufen eher langsam ... Na ja, wie Geister eben.«

Fridolin versuchte es und schlich mit schwankendem Schritt über den Rasen. »Besser?«, fragte er.

»Jetzt ist es zu langsam«, fand Jack.

Tuffi zog den Korken aus der Nebelkerze und hielt sie hoch. Sofort stieg feiner weißer Qualm aus dem Reagenzglas auf. Und so lief ein Geist über den Rasen, der geisterhaft in eine Nebelwolke gehüllt war. Die ganzen Mäuse wuselten im Schutz der weißen Wolke hinterher. Niemand konnte sie sehen.

»Ich finde uns gruslig«, meinte Fridolin. Er schüttelte sich. »Ich habe schon richtig Angst vor mir. Uah, ich grusle mich vor mir selbst!«, rief er und preschte einfach los.

Jack kreischte und hielt sich an seinem Fell fest. Aber Tuffi fand es großartig, hielt die Nebelkerze hoch und rief: »Raus die Maus! Mit Applaus! Aus dem Haus!«

Die Pförtnerin und die Wachleute starrten den Geist mit offenen Mündern an. Als Flopson sich umdrehte, sah sie, dass überall an den Fenstern Leute standen und sie beobachteten.

Kaum waren sie aus dem Tor gelaufen, entdeckten sie auch schon Kowalski und die Mäusekinder. Sie versteckten sich hinter den Mülltonnen der Backfabrik. So hatten sie es schließlich verabredet.

»Wir sind frei!«, jubelte Tuffi.

Die Tauben setzten sich auf die Mülltonnen. Und natürlich pesten Rumpel und Raubacke heran. Alle zusammen jubelten. Sie sangen und tanzten und feierten die Befreiung der Mäuse. Fridolin freute sich auch riesig, tanzte aber nicht mit – schließlich war gerade eine ganze Ladung Brötchen in die Tonne gekippt worden.

Und die Rakete? Die lag, in mehrere Teile zerbrochen, auf dem Boden. Kowalski stand oben auf dem Wrack, stolz wie ein Raumfahrer, der gerade auf dem Mond gelandet war. Oder dahinter.

»Deine arme Rakete ...«, sagte Flopson und betrachtete die Reste.

Aber Kowalski winkte munter ab. »Raketen haben nur einen Flug. Das ist immer so. Wir Raumfahrer wissen das.«

»Kowalski, du hast es geschafft!«, sagte Meili. »Du hast die Mäusekinder in Sicherheit gebracht. Du bist ein Held!« Sie strahlte ihn an.

Flopson holte das Foto hervor, das sie aus dem Büro von Frau Knuck mitgenommen hatte. Sie zeigte es Kowalski und Meili.

»Das bist ja *du*!«, rief Meili und blickte auf das Foto. Es zeigte den jungen Kowalski mit Helm, wie er in einer kleinen Rakete saß.

»Na klar bin ich das. Hast mir wohl nicht geglaubt,

was?«, sagte Kowalski. Er freute sich sehr, dass Flopson das Foto gefunden hatte. »Aber die wahre Heldin ist Tuffi«, sagte er. »Sie hat sich als Einzige rausgetraut aus dem Labor, um euch zu holen.«

Da johlten alle Mäuse los. Sie warfen Tuffi in die Luft und riefen: »Tuffi, unsere Heldin! Tuffi, die mutige Maus!«

Tuffi lachte laut. Sie sagte, die ganz wahren, wahren Helden seien die Tierpolizisten. »Sie haben die Mäuse befreit.«

Die Mäuschen klatschten, denn das fanden sie auch. Fridolin knackte ein Brötchen durch. »Dann

sind wir eben alle heldenhaft. Wir haben das zusammen geschafft!«

»Sogar wir waren ein bisschen Helden«, sagte Raubacke.

»Stimmt schon«, murmelte Jack.

Sie machten sich auf den Weg. Schon nach drei Straßenecken konnten die Mäusekinder nicht mehr laufen, denn sie waren keine Bewegung gewohnt und hatten zu wenig Muskeln. Flopson entdeckte einen alten Kinderwagen, der am Straßenrand stand. Er war schon ein bisschen kaputt, bestimmt hatte jemand ihn weggeworfen. Die Mäusekinder setzten sich hinein, und Fridolin schob sie mit seiner Schnauze voran.

»Jetzt bin ich euer Papi«, sagte er und strahlte. »Alle Babys hinlegen und schlafen!« Aber das wollten die Mäusekinder nicht. Sie wollten rausgucken, denn sie hatten ja noch nie die Welt gesehen. Bei jedem Busch und jeder Blume, bei jeder Laterne und jedem Stein riefen und staunten sie.

»Na gut, dann schlaft ihr eben nicht«, sagte Fridolin zufrieden.

Flopson hob Kowalski hoch und setzte ihn zu den Mäusekindern. Meili flatterte nebenher. Gemeinsam erklärten sie den Mäusekindern die Welt.

Da es schon Abend war, konnten die Tiere unbemerkt durch die Stadt laufen. Es war ein ziemlich lustiger Umzug – vorn der Kinderwagen mit den Mäusekindern, geschoben von einem Pony. Dahinter eine Katzenbärin, ein Hamster und sehr viele Mäuse, die aufgeregt quatschten.

Sie brachten die Mäuse zum Park. Dort sollten sich die Parkmäuse um sie kümmern und ihnen noch ein bisschen weiter die Welt erklären. Schließlich war das Leben in der Großstadt gefährlich, und die Labormäuse wussten nichts von diesen Gefahren. Aber sie hörten nicht gut zu. Eigentlich gar nicht. Sie rannten durchs Gras und wälzten sich im Sand, jagten Käfern hinterher und waren sehr, sehr glücklich.

Als die vier Tierpolizisten zu Hause ankamen, legten sie sich in ihr altes Polizeiauto, das Flopson an diesem Abend noch gemütlicher vorkam. Sie war wirklich müde, denn so eine Befreiungsaktion ist eine anstrengende Sache.

»Wie schön, dass die Mäusefamilien wieder zusammen sind«, sagte Meili. Sie setzte sich im Dunkeln noch mal auf. »Wisst ihr was? Ich bin auch bei meiner Familie. Ich habe zwar keine Blaumeisen-Familie, aber ich hab euch. Und das ist einfach herrlich.«

Jack drehte sich weg, weil er den anderen nicht

zeigen wollte, dass so ein grummeliger Hamster wie er auch mal weinen musste. Weit kam er nicht, denn Fridolin streckte seinen Vorderhuf nach ihm aus. Er nahm alle drei Tiere in seine Arme, weil er sich so riesig freute. »Ihr seid auch meine Familie. Meine liebste Lieblingsfamilie.«

»Ich bin auch sehr froh, dass ich zu eurer Familie gehören darf«, sagte Flopson.

»Mpf-mpf«, machte Jack. Und alle wussten, dass es »Ich auch« heißen sollte.

Dann schliefen sie ein.

Am Morgen wurde Flopson von einem lauten Knacken wach. Sie blickte nach draußen. Niemand war zu sehen. Leichter Nebel hing über dem alten Polizeiauto und sie beschloss, sich gemütlich auf die andere Seite zu drehen.

Oh! Was denn nun? Sie träumte wohl noch. Im Apfelbaum, direkt vor dem Autofenster – da kauerte sie selbst! Ja, wirklich! Obwohl sie gerade verschlafen im Auto lag, hockte sie gleichzeitig draußen auf einem Ast. Das war ja ein seltsamer Traum.

Die Flopson auf dem Ast reckte und streckte sich und versuchte, ins Auto hineinzusehen. Dann pflückte sie einen Apfel und warf ihn auf das Autodach.

Jetzt war Flopson aber hellwach. Und wenn man

hellwach ist, nun ja, dann träumt man nicht mehr. Dann ... dann war das hier etwa gar kein Traum?

War das dort draußen wirklich eine andere Katzenbärin? Mit einem kräftigen Schwung setzte Flopson sich auf und blickte die Katzenbärin durch die Scheibe an. Es war, als würde sie sich selbst im Spiegel sehen. Nur jünger. Eine kleine Flopson mit einem niedlichen Gesicht saß dort draußen im Apfelbaum und versuchte, die Tierpolizei zu wecken.

Flopson hatte noch nie eine andere Katzenbärin gesehen. Sie wusste, dass sie eigentlich auf der anderen Seite der Welt lebten. Wie kam die Kleine hierher, mitten in die Großstadt? Wie war das möglich? Andererseits war sie selbst ja auch irgendwie hier gelandet.

Mit klopfendem Herzen öffnete Flopson die Tür und starrte die kleine Katzenbärin an. Diese starrte zurück. »Du siehst ja aus wie ich«, stellte sie frech fest. »Wieso?«

»Das würde ich auch gern wissen«, sagte Flopson. »Wer bist du? Woher kommst du? Wo wohnst du?« Sie hatte noch tausend weitere Fragen, aber nun kletterten auch die anderen Tierpolizisten aus dem Auto.

»Die sieht ja aus wie du«, sagte Jack verwundert und rieb sich die Augen.

»Hach, was für ein lustiger Morgen!«, rief Fridolin glücklich.

»Hast du schon was gegessen, Kindchen?«, fragte Meili.

Die kleine Katzenbärin schüttelte den Kopf. »Nee, hab ich nicht. Aber ist auch egal jetzt. Wir müssen los.«

»Ähm – und wohin?«, fragte Jack.

»Na, in den Tierpark!«

Was? Tierpark? Die vier Tierpolizisten sahen sich erstaunt an.

»Kommt jetzt endlich mit. Es ist dringend«, rief die Kleine ungeduldig. Sie versuchte, Fridolin voran zu schieben. Das klappte natürlich nicht, daher schnappte sie sich Flopsons Pfote und zog daran.

»Los jetzt, auf zum Tierpark!«, rief sie. »Die anderen warten alle auf euch.«

Und schon steckte die Tierpolizei mitten in ihrem nächsten Abenteuer.

MEILI zeichnen! (in 4 Schritten)

Du brauchst nur:

1 Körper

Zeichne zuerst eine Art Kartoffel als Körper.

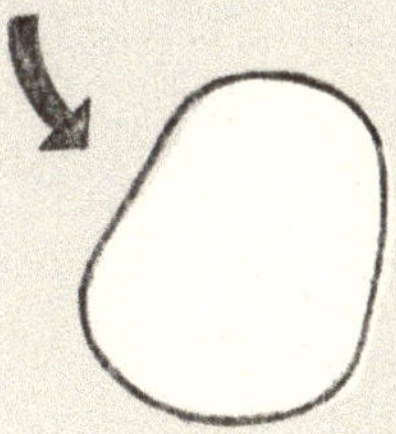

Füge dann vier Linien an. Die sind für die Flügel und die Schwanzfedern.

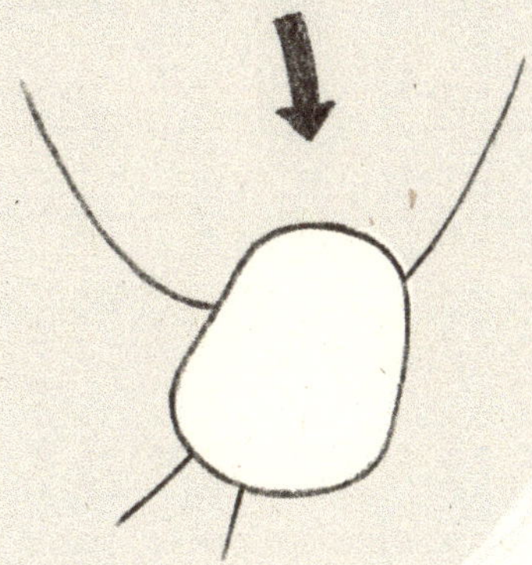

2 Federn

Jetzt kannst du die Formen mit gestrichelten Linien schließen.

Dannach fügst du nur noch Zacken in die Lücken ein, und schon sind die Federn gezeichnet.

3 Gesicht und Füße

Radiere zuerst eine Stelle am Körper für den Schnabel frei, dann zeichne das Auge, die Füße und den Schnabel ein.

4 Federzeichnung

Jetzt kannst du noch Meilis Gefieder schattieren. Zeichne dazu vor allem das Band um den Hals schön gebogen.

Wenn du magst, zeichne noch ein paar Bewegungslinien dazu und ...

Jetzt bist DU dran:

Probier es ruhig mehrmals. Mit jedem Mal wird es dir besser gelingen!

Und wie geht's im fünften Band weiter ...?

Nanu?! Der neue Fall geht für die vier Tierpolizisten aber merkwürdig los: Am Morgen sitzt nämlich eine kleine Katzenbärin bei ihnen auf dem Revier. Besonders für Flopson ist das mehr als aufregend, denn sie hat noch nie eine andere Katzenbärin getroffen. Die Kleine hat es furchtbar eilig, denn die Tierpolizei soll sofort mitkommen in den Tierpark. Dort geht es nicht mit rechten Dingen zu.

Ein kniffliger Fall zwischen Giraffen, Elefanten – und Katzenbären!

Vier tierische Kommissare ermitteln!

Anna Böhm
Die Tierpolizei. Kommissare mit Fell und Feder
Band 1
224 Seiten · ab 8 Jahren
ISBN 978-3-7891-2123-4

Anna Böhm
Die Tierpolizei. Ohren hoch oder es knallt!
Band 2
224 Seiten · ab 8 Jahren
ISBN 978-3-7891-1477-9

Anna Böhm
Die Tierpolizei. Mach nicht so 'ne Welle!
Band 3
224 Seiten · ab 8 Jahren
ISBN 978-3-7891-2134-0

Ob ihr Freund Tjalle verschwunden ist, das Kaninchenkind Rosine seine Mama sucht oder das Flüsschen, an dem die Otterfamilie lebt, ganz und gar ausgetrocknet ist – das sind alles Fälle für die Tierpolizei. Immer starten die vier tierischen Kommissare mit Fell und Feder sofort die Ermittlungen und das Abenteuer beginnt!

e book

Auch als eBook und Hörbuch

Oetinger

Weitere Informationen unter: **www.oetinger.de**
Newsletter: **www.oetinge.de/newsletter**

Ein Schwein mit Horn und dem Herz am rechten Fleck!

Band 1
ISBN 978-3-7891-0889-1

Band 2
ISBN 978-3-7891-0951-5

Band 3
ISBN 978-3-7891-0975-1

Band 4
ISBN 978-3-7891-1375-8

Band 5
ISBN 978-3-7512-0002-8

Band 6
ISBN 978-3-7512-0234-3

Auch als eBook und Hörbuch
Illustration: Susanne Göhlich

Oetinger

Weitere Informationen unter: **www.emmi-einschwein.de** und **www.oetinger.de**
Newsletter: **www.oetinger.de/newsletter**

WILDE MAUS
Tuffi
- endlich frei
- hat keinen Plan
- will die Mäuse retten
Frau Knuck
- Meckern ist ihr Hobby
- kein Herz für Mäuse
FORSCHE FORSCHERIN